U0728610

觉醒

梁晓声 著

天津出版传媒集团

天津人民出版社

图书在版编目（CIP）数据

觉醒 / 梁晓声著 . –– 天津 : 天津人民出版社，
2020.9（2025.8 重印）
ISBN 978-7-201-16123-5

Ⅰ . ①觉… Ⅱ . ①梁… Ⅲ . ①长篇小说 – 中国 – 当代
Ⅳ . ① I247.5

中国版本图书馆 CIP 数据核字 (2020) 第 118041 号

觉醒
JUE XING

梁晓声 著

出　　版　天津人民出版社
出 版 人　刘锦泉
地　　址　天津市和平区西康路 35 号康岳大厦
邮政编码　300051
邮购电话　（022）23332469
电子信箱　reader@tjrmcbs.com

责任编辑　岳　勇
特约编辑　张素梅
封面设计　吴黛君

制版印刷　三河市兴博印务有限公司
经　　销　新华书店
开　　本　620 毫米 × 889 毫米　1/16
印　　张　15
字　　数　150 千字
版次印次　2020 年 9 月第 1 版　2025 年 8 月第 6 次印刷
定　　价　59.00 元

版权所有　侵权必究
图书如出现印装质量问题，请致电联系调换（022-23332469）

目 录

Contents

第 一 章

天气是难得地好，陶姐女士的心情却烂透了——丈夫因"流氓行为"被镇派出所拘押了两个多小时，最终在她的"强力交涉"下，交了一千元罚款才解除拘押。

"你怎么可以给钱?!"

丈夫沃克·奥尼尔一获得自由便对她大光其火；而她一言没发，甩了丈夫一记耳光。

丈夫一只手揉着另一只手的手腕，呆呆地瞪着她，像是个受了委屈的孩子，几乎要哭了。尽管他外国人特征鲜明，一只手却还是被铐在了派出所的护窗铁条上——南方的派出所通常是将待审的人铐那儿的。幸而陶姐交涉得及时，否则"待"多久是难说的。

两千多户人家的小镇，传达暗号似的，迅速就将她丈夫那一件丢人现眼的事传播了开来。自然，使她也成了一个狼狈的女人。从派出所往旅店走的路上，他俩身后始终跟着些看热闹的人，像走在荒野的两口子后边紧跟一群狼，一直跟到旅店门口。等他俩出来，他们仍守候未去。又跟着，直跟到他俩上了一辆小面包车为止……

只能坐六个人的小面包车已然超载，他俩在门口是犹豫了一下的。

"上啊上啊，下辆车也会这么挤的！今天是集日，哪有不挤的车？"

招揽乘客并且卖票的人，一边说一边将他俩推上了车。之后，自己便上了车，理所当然地坐在司机旁的空座上。陶妲的老外丈夫，立刻聚焦了全车人的目光，包括一个抱在母亲怀中的两三岁孩子的目光。她先被推上车的，吸入一口污浊的空气，本能地朝车门转过身，双手撑于门上方。尚在车下的沃克，见状更加犹豫。他张张嘴，分明想要说句什么，大概想说"那你下来吧"；不待他那话说出口，也被卖票的推上了车。车门一关，车内的空气更加污浊。没在集上卖掉鸡的一个农妇，将两只双爪捆在一起的公鸡带上了车；而一个四十多岁的精瘦黢黑的小个汉子，膝上则横着扎口的麻袋，听里边发出的声音，显然是一头小猪。沃克不得不弯曲他那一米八的身体，即使那样，后脑脖子以及双肩，还是与车顶紧贴着。他用屁股顶着车门，双脚蹬着车门口那一级台阶，为了保持平衡，搂住陶妲的腰。陶妲不太情愿，却无可奈何，因为再没有一点儿空间能将丈夫推开一些。丈夫的长下巴抵在她的肩部，而她倒宁愿和他脸对脸。不论对于她还是丈夫，脸对脸的别扭也强过那么样。

车一开，空气总算不那么窒人了。

沃克的唇触着了她的耳郭，他小声说："我没做那种事。"

"别说了！"——陶妲心里的火气腾地又蹿上脑门儿，语调听来就挺严厉。

沃克执拗地说："我明明是上了一个圈套，你怎么就不肯相信我，而非相信他们不可呢？"

听来，沃克也有点儿火了。

"我非相信他们了吗？你暂时闭上嘴行不行啊？！"

陶妲嚷嚷了起来。

一时间，车上所有人的目光又都望向他俩了，连卖票的人也回过头来，司机也说"不许再吵啊，看吓着孩子"，就连麻袋里那只猪崽也停止了哼哼。

沃克叨咕了一句："真讨厌！"

之后，小面包车劣质的收音机里传出嘶嘶啦啦的歌声：

越来越好，越来越好，

越来……越好！

再之后，不知是开车的还是卖票的换了频道，收音机里又传出了相声。于是，车厢里有人笑了。相声延续了几分钟，车厢里也就笑声不断。至于那段相声究竟说了些什么，陶妲的耳朵是一句也没听进去的。她只听到了笑声，别人的笑声，对于她不啻火上浇油……

陶妲当然是一位中国女性，不，应该说曾是一位中国女性；自从二十几年前嫁给沃克，便是一位美国公民了。目前，她是美国某州立大学的教授，教中国古典诗词。同时，还是那一州由中国政府开办的孔子学院的客座教授，每周两节课。第一节课用英语讲，第二节课用汉语讲。沃克是同一所大学的教授，教比较文学，热爱摄影，摄影作品曾在《国家地理》杂志上发表过，算得上是一位业余摄影家了。

以前，只要陶妲想回中国，沃克总是表示乐于伴她同行。他不但爱他的中国妻子，渐渐地也开始爱中国了。每一次准备陪妻子回中国，都显得有些兴奋。六年前，陶姮的父亲去世了。四年前，她母亲去世了。陶姮的父亲曾是一位大学校长，而母亲曾是省城的中学校长。父母只有她这么一个女儿，他们先后去世，她在国内便没亲人了，故而回国的动念起得不怎么热切了。

一种现象相当普遍，不论哪一个国家的人，即使早已成了外国人，对于回到或打算回到原属国这一件事，习惯上往往还是要说成"回国"的。仿佛对于他或她，原属国才更是自己的"国"。这与是否喜欢或热爱后来加入国籍的那一国其实没什么必然关系，与是否融入了那一国家的主流社会也没什么必然关系。必然的原因只有一个，便是——人性更倾向于维系住对自己来说最具有母体意味的原属对象。这乃是人性的自然表现，也差不多是普遍之动物性的自然表现。所以，举凡一切拥有第二国籍的人，回到或打算回到原属国，说法上总是那么的相同。"回国"——说汉语的这么说，说英语、法语、德语等等语言的也这么说；全世界差不多都这么说，发音不同而已。

陶姮是很喜欢美国的，甚至也可以说，她已经恋上了美国这个国家。在她所居住的那一个州那一座城市里，她和丈夫拥有一幢别墅式住宅，是他们婚后贷款买的。今年，也就是2010年，还清了贷款。在中国，宣传给许多中国人这么一种印象，仿佛金融海啸使美国变成了一只烂苹果，大多数美国人都已处在水深火热之中了。而事实上，大多数美国人并没觉得金融海啸一下子使自己的生活过不下去了，正如许多中国人也并没这么觉得。单论房价的话，虽然她才回国一个星期左右，耳濡目染的，使她感到中国的问题比美国严重多了。这使她很替中国忧虑。然而以上一切，都不影响她一如既往地热爱中国。在已经过去的一个星期左右的日子里，她每每被人问道："你觉得美国好还是中国好？"——这么问她的，主要是她当年的同学或老师。

而她每次总是这么回答："都好。"

一种有所准备的变聪明了的回答。

以前她可不够聪明。有次她回国后，几名大学同学聚在一起，交谈甚欢的情况下，也有人问了如上这么一句话，而她当时的回答却是："我觉得还是美国好一些。否则我也不会加入美国国籍，嫁给一个美国男人，在美国长久定居下去啊！"

她那些同学，皆非庸常之辈。有的做了教授、院长；有的仕途得意，当上了副局长、局长；差点儿的一个，也当上了"建委"的处长。还有的经商了，开上了宝马、奔驰、奥迪什么的好车。总而言之，当年大学中文系那几位关系良好的同学，都已是事业有成的中年人了，而且一个个踌躇满志，仿佛前途光明远大。当时她认为，既然都是关系良好的大学同学，没有必要不实话实说。然而她想错了，在她回美国之前，打电话逐个联系大家，提出想再聚一次时，他们一个个皆找借口回绝，有人回绝的态度还特冷淡。这使她好生纳闷，心想自己肯定是将大家都得罪了。可究竟在什么情况之下怎么着就得罪的，她却反省不出个所以然来。直至回到美国一个多月以后，才从一位已经退休的老师的信中嗅出了点儿味。那老师在信中提醒她——某些不该那么说的话如果那么说了，有可能给自己造成负面影响。

陶姐立刻明白，原来是自己说了不该"那么"说的话，自然也就联想到了和同学们的那一次聚会。可当时自己究竟说了什么不该"那么"说的话，却还是怎么回忆也回忆不起来。不久，参加了那次聚会的乔雅娟给她打了一次越洋电话，指名道姓地告诉她，在那次聚会后，是李辰刚出卖了她。他是一名"信息联络员"，他把她在聚会场合说的"美国当然比中国好"那一番话，当成具有呈报价值的"信息"向有关方面呈报了；同时还加上了表示气愤的评论语——"冷嘲热讽抑中扬美的言论，竟无一人予以反驳，有人还居然表示了赞同……"这么一来，引起了有关方面的重视，批示曰："查一查，有人是哪些人。"于是，等于所有参加那一次聚会的人都受牵连了，结果人人撇清，人人自保。毕竟，皆是有强烈上进心的人，做不到满不在乎。

"可我并没冷嘲热讽地说，如果没人问我根本不会说那些话是不是？当时我的话说得很诚恳！起码你是可以做证的吧雅娟？他为什么要把'冷嘲热讽'四个字加在我头上呢？"

那一天是周六，陶姮做完家务，正和丈夫在花园里闲悦地饮着上午茶。一个国际长途听下来，使她的情绪大为激动。

大学时期曾经要好得如同死党的乔雅娟在万里之外的中国劝她："陶姮啊，你也不要太生气，而且你还要理解他一点儿。我想，他那么做，恐怕也是迫不得已……"

"我实难理解！迫不得已？总不会是因为有人持刀逼着他那么做的吧？"

陶姮起身离开小桌，绕到了房舍后边，她不愿丈夫听到她的话。

"当然绝不会有什么人逼他那么做。我猜他是这么想的，自己如果不那么做，万一有当时在场的另一个人那么做了，倘若自己被追问到头上，不是会很被动嘛！他也不过就是出于防一手的心理，变被动为主动。他那人你也是了解的，一向谨小慎微。怎么说他呢，特像契诃夫笔下的'套中人'。何况，你上次回国，不是正赶上中美关系闹得挺紧张的嘛！非常时期，他的做法确实过分了，但怎么说也是你应该予以原谅的。啊对了，我还得提醒你一下，以后要在中美关系好了的时候回国来，别偏偏赶上中美关系挺紧张的时候……"

她没耐性听下去，找个借口，说声"拜拜"，啪地合上了手机。回到前院，立刻冲丈夫发起火来："你们美国政府为什么总和中国政府过不去?!……"

坐在椅子上的丈夫放下报纸，定睛看了她片刻，慢条斯理地说："妲，别忘了你早已经加入美国国籍了！你和我一样，都是美国公民。"

平平淡淡的两句话，噎得陶妲一愣一愣的。

丈夫又表情严肃地说："我再强调一次，我不懂政治。而且也不喜欢和自己的妻子讨论政治。尤其不喜欢和妻子讨论中美关系的是是非非……"

他一说完，起身进到屋里去了。

陶妲被晾在那儿，久久发呆。

其实她对政治也不感兴趣。她一向认为政治完全是政治家们的事。而即使对于老牌政治家们，政治有时也难免会是一种非凡的痛苦。因为如果缺乏谋略，几乎就没有什么所谓政治的能力可言。但却进一步认为，深谙谋略肯定会使人变得不怎么可爱。尽管如此，她仍特别关注中美关系今天怎样了明天怎样了，还一向要求自己充当促进中美关系健康有益地发展的民间使者。凡是这类民间活动，她都积极参与。至于丈夫对中国的良好态度，那更是不容怀疑。当初他们准备结婚时，她就有言在先："你如果真爱我，那也必须做一个始终对中国态度友善的人。"——沃克当时说："在认识你以前，我就是一个对中国态度友善的美国人。我从不与对中国态度不友善的美国人深交。"

············

当天晚上，夫妻二人躺在床上以后，她将自己心中的烦恼告诉了丈夫。

丈夫反而这么劝她："想开点儿，不要太在意。我们结婚以前，我还受到过美国联邦调查局的调查呢，他们曾怀疑你是'中国克格勃'派到美国来的。有些人的职业本能使别人不愉快，理解万岁吧！"

偏偏那时候，电话响了。她抓起电话一听，恰是李辰刚打来的。他寒暄了几句之后，开始向她咨询他儿子如果到美国留学，怎么样才能顺利些。

她呢，则有问必答，告知周详。

最后他语调温柔地问："陶姐啊，你任教那一所大学也是一所不错的大学对吧？"

她说："是的。"立刻就猜到他下一句要说什么话了。

果然，他紧接着说："那，如果我儿子想进那所大学，你能帮上些忙吗？"

"我……我一定尽力而为……"

她回答得有些迟疑。

对方却步步紧逼："有你这句话太好了！那我就决定了，干脆让我儿子进你们那所大学！他到了那儿，你还会像关心自己儿子一样关心他，对不对陶姐？"

连她自己也不明白，自己怎么就顺口说出了一个"对"字。

"陶姐，你回答得这么痛快，真让我感动！那，咱们一言为定啰？喂，喂，能听清楚吗？"

"能。"

"一言为定？"

"可是我只承诺尽力而为，至于结果如何……"

"你尽力而为还不就等于板上钉钉了嘛！你在你们那所大学当了十几年教授，你先生当教授的时间比你还长，有你们两位教授鼎力相助，我儿子的事再难那还能难到哪儿去呀？我放心了，一百个放心啦！人情后补，等你什么时候再回国时补……"

放下电话后，陶姐骂了一句："浑蛋！"

丈夫问："你为什么骂人家？"

她说："我才不愿帮他！"

"那你还说尽力而为？"

"我不得不那么说！大学时期他追求过我，我俩谈了一年多的恋爱，不那么说你让我怎么说？"

"就是那个出卖了你的人？"

"不错。是他！"

"你本来完全可以拒绝的。"

"我不愿让他猜到他的所作所为我已经知道了。"

"那你不是……使自己陷入了虚伪的境地？"

"那又怎么样？说了尽力而为我也可以不为！"

"可虚伪，总是不好的吧？"

"人有时候那就不能不虚伪一下！"

"你们中国人不是主张'君子坦荡荡'吗？"

"可我现在已经是美国人了！"

"听你这话的意思，是美国使你变得虚伪啰？"

"美国就是专使人变成君子的君子国了吗？你们美国人就没有

虚伪的时候了吗？"

"咱们美国！"——沃克有点儿生气了。

"那你也应该说咱们中国！"——陶姁提高了嗓门儿。

因为丈夫比自己大八岁，因为他看去比实际年龄老；也因为自己虽然也已经四十八岁了，但形象好，皮肤好，脸上几乎仍没皱纹，所以在他们夫妻之间，在她心里不痛快的时候，她往往会显得有那么点儿霸气。当然，说到底，是他将她惯的。自从结为夫妻以后，大她八岁的美国佬是那么地乐于处处让着她。自从他开始秃顶了，则不但处处让着她，而且更加惯着她那种特权性质的霸气了。

丈夫那一天晚上似乎要认认真真地和她抬一次杠，他故意板着脸说："我不能那么说。我那么说不符合事实，因为我从来不曾是过中国人。"

"但你是中国的女婿！"

丈夫也被噎得直眨巴眼睛说不出话来。

"你说你说！你已经是中国的女婿了，中国还不是咱们的中国吗？"——陶姁得理不让人，不躺着了，在床上盘腿一坐，一副不争出个谁是谁非绝不罢休的样子。

丈夫只得耸耸肩，苦笑着嘟囔："我从来也没敢把自己当成中国的姑爷，我认为我只不过是你爸妈的姑爷。人贵有自知之明，不可以得寸进尺。"

"姑爷"二字，使陶姁扑哧笑了。

她一笑，丈夫便将她拖倒，拽入被窝，搂在了怀里。

他又说："我们好久没抬杠了。"

她说："是啊。"

他接着说：“其实两口子之间抬杠玩儿，挺来劲儿的，也挺过瘾的是不是？”

她就什么也不再说，吻了他一下，背过身去。沃克喜欢从她身后搂着她睡。她也早已习惯了被丈夫那么搂着睡，觉得很舒服。他们是一对恩爱的夫妻，虽然结婚已经二十多年了，可谓老夫老妻也，但那份相互间的恩爱却一如当年。性生活也一如当年那么有质量，仍能令彼此获得心满意足的享受。如果不是因为他们的女儿在三岁时患病夭折，都不觉得生活有什么遗憾。经那一次打击之后，他们决定不再要孩子了。可是近来，丈夫却时而谈起有一个孩子的好处……

陶姮叹了口气。

丈夫便开始爱抚她，他以为她又想起他们的女儿了。

她心里想的竟不是女儿，低声问：“亲爱的，你觉得会不会是另一种情况？”

他困惑地反问：“什么事？”

她寻思着说：“就是我被出卖了那一件事。”

他不得不又问：“哪一种情况？”

“如果出卖我的不是李辰刚呢？恰恰相反，是当年在大学时期和我最要好的乔雅娟呢？比如她自己出于往上爬的目的，于是抓住一个机会想要在政治上有所表现，结果就做了那种可恶的事。明明是她干的，却又怕别人猜到了是她，先告诉我，就主动给我打电话，把她自己干的卑鄙勾当说成是别人干的？……”

丈夫沉默片刻，在她肩头轻轻吻了一下，之后温柔地说：“睡吧，别想那件破事了。”

一个外国男人娶了一位中国妻子，并且与之恩恩爱爱地生活了二十余年的话，附带的好处是，他说起中国话来和一个中国人那就毫无区别了，甚至连语调也会变得有地地道道的中国味儿了——起码有地地道道的中国老婆味儿。

她却又向丈夫转过身去，固执地说："不，我要听听你的看法。否则我心里会总寻思那件事，想睡也睡不着。"

"非要听听我的看法不可？"

"对。非要听。"

"可你刚才还说，在大学时期乔雅娟和你最要好。我记得你对我提起过她多次，曾经形容她是你大学时期的死党。"

"事实正是那样。"

"后来她做过什么对不起你的事吗？"

"没有。"

"别人对她的人品有什么负面评价吗？"

"也没有。"

"那么，你根据什么把她想得很复杂呢？"

"因为人有时候就是那么的复杂。"

"是啊，亲爱的，人有时候的确是复杂的。但我认为，关键是不要使自己也变得复杂起来。你看你，你明明并不打算帮李辰刚什么忙，却要在电话里对他承诺尽力而为，结果使自己显得挺虚伪。这会儿，你又无端地把乔雅娟猜测得很卑鄙，结果不是又使自己显得不够厚道了吗？对于她告知你的事，你有两个选择，信，或者不信。信不信都没什么，但你把她想得很卑鄙，那就连我，你的丈夫，也要替她鸣不平了。这就是我的看法……"

电话忽然又响了。

陶姐犹豫一下，第二次抓起电话，这一次却是乔雅娟打来的，使她大出所料。

"嗨，陶姐，没睡吧？"

乔雅娟的话听来急急切切的。

"已经躺下了。"

陶姐的话回答得淡淡的。

"你怎么了？"

"没怎么啊。"

"声音蔫蔫的。"

"感冒了，还发着烧呢。"

"那我不跟你多聊了，简单地说，李辰刚那家伙给你打电话了？"

"你怎么知道？"

"他刚刚也给我打了一次电话，对我说了一大堆感谢你的话。我猜，是希望通过我的嘴把他那一大堆话转告给你。凭咱俩的关系，傻瓜也会估计到这一点的！可你究竟是怎么回事呢？我明明告诉你了，他对你，对我们几个当年的同学做了什么勾当，你干吗还大包大揽地答应帮助他儿子的事？"

陶姐一时嘴对着话筒哑口无言，不知说什么好。

"不信我的话是吧？"

分明，乔雅娟的情绪甚为不快。

陶姐愣了愣，慢悠悠地说："雅娟呀，我不是感冒着嘛，困死了，美国的一种感冒药有安眠的作用……"

乔雅娟沉默了。

陶姐补充道："真的。"

乔雅娟终于又开口了："你认为我骗你？"

陶姮便也沉默了，更不知该如何回答了。

"那，你睡吧，算我自讨没趣！"

乔雅娟将电话挂了，陶姮握着话筒发愣。

不知何时，丈夫已下了床。他站在床边，一手持杯，一手伸向她，掌心托着小小的一片安眠药。他经常失眠，安眠药是家中的必备药。

她疑问地看着丈夫。

他不无同情地说："要不你更睡不着了。"

她默默放下电话，接过水杯和药片，乖孩子似的服了下去。丈夫替她将杯放在床头柜上，她立刻仰躺下去，闭上了眼睛。

丈夫随之也上了床，关了灯。她一翻身，又背对着丈夫，并且主动向丈夫偎靠过去。丈夫也就又从她身后搂着她，爱抚着她。

黑暗中，陶姮说："乔雅娟不信我感冒了。"

丈夫说："你本来就是在撒谎。"

也许是为了抵消掉一部分自己的话的批评意味，他又吻了她的肩头一下。

她温柔地问："你还想吗？"

丈夫不明白地反问："想什么？"

她扑哧笑出了声，莫测高深地说："真不明白就当我没问好了，睡吧。"

不料丈夫将她的身子一扳，使她脸朝着他了，追问："不行，你得把话说明白，要不我也肯定失眠了！"

她就捧住他的脸，给了他一个深情的吻，语调中满是歉意地说："都是电话给搅的，算我欠你一次，啊？下次加倍偿还。"

一向，在星期六的晚上，他们总是要好好做一次爱的。他们将做爱说成是"充电"。对于他们，做爱也确乎类似充电。星期日睡一上午懒觉，星期一夫妻俩都会精神焕发地去工作。但那一个夜晚，陶姐实在是没有良好的情绪和丈夫全心全意地做爱了。

丈夫这才明白她的话。他也又吻了她一次，照例吻在肩头，理解地说："算我欠你一次，下次应该加倍偿还的是我。"

陶姐就又背贴着丈夫宽阔的胸膛了。虽然服了安眠药，她还是毫无睡意，小声说："我们好久没去教堂了，明天咱们去教堂吧。"

丈夫说："好啊，我也早想去了。可你，为什么忽然想去教堂呢？"

陶姐认真地说："我什么时候变成了一个复杂的女人啊，又虚伪，又多疑，又想不开事，这真惭愧。明天我要去告解……"

药效终于发挥，她的话声越来越小了……

沃克是一位虔诚的基督徒。他家族的每一位成员都是虔诚的基督徒。不过，目前他的家族成员健在的已经不多了，如果以至亲关系而论的话，那么仅有一人了，便是他的弟弟。他弟弟是加州大学的哲学教授。他的家族成员中学者教授出了不少，是一个典型的知识分子家族，也是一个典型的中产阶级家族。对于他和陶姐的婚事，他父母当年是持反对意见的。理由只有一条——陶姐不是基督教徒。

沃克当年为了爱情据理力争。

他说："在美国，甚至在整个欧洲，年轻的女孩子中，又能有多少虔诚的基督徒呢？"

父亲说："正因为少了，我们希望你能与一位笃信基督的女孩子结为夫妇。"

母亲说："那样，就等于我们这个家族为延续基督教的神圣影响做出了一份贡献。只有你的妻子也是基督教信徒，将来你们的孩子才能也是。"

他父亲还郑重声明：如果陶姮不打算皈依基督教的话，做父母的也就绝不能参加儿子的婚礼。而且在他们婚后，父母不便和他们来往。

于是双方陷入了僵持。

为了爱情，陶姮表示，她完全可以对基督教采取一种信奉的态度，但请求允许她暂不施洗，姑且先做一名教外信徒。实际上，她当年所言的"一种信奉的态度"，指的是对基督教文化的兴趣而已。她不仅对基督教文化有兴趣，对佛教文化也有兴趣。

当年她曾对沃克说："你干脆这么对你父亲讲，我来到美国之前，在中国已经是一名虔诚的佛教徒了。基督教和佛教的教义，有许多方面是相一致的。既然如此，我是一名虔诚的佛教徒，和是一名基督徒不也没什么两样嘛！"

"你……真是佛教徒？你可从没对我说起过……"

沃克当时呆呆地瞪着她，仿佛忽然不认识她了。

她调皮地一笑，说别当真，我不是佛教徒，不就是为了咱俩能顺利地结成婚嘛，你就那么骗骗你父母不行吗？

沃克这才长出了一口气，说当然不行。说他宁愿父母不参加他们的婚礼，也不愿用她的话骗自己的父母。

后来，多亏沃克的弟弟从中调和，沃克的父母才勉强同意了陶姮那种"姑且"的请求。沃克那位是哲学教授的弟弟很善于做思想工作，尤其善于做"活的思想工作"。他说："耶稣不但爱他的信徒，肯定也爱一切爱他的信徒的女人。如果因为她们暂且还不是他的信徒就拆散一对恋人，肯定是有悖基督思想的。"

就这么两句话，矛盾迎刃而解。他们婚后，沃克的父母不但与他们来往频频，而且很快就开始喜欢起陶姐这位中国儿媳妇来。在他们结婚一周年的纪念日，沃克的父亲还用毛笔在宣纸上写下了"智趣善贤"四个大大的汉字，镶在美观的框子里送给他们。美国老公公用磕磕绊绊的中国话说，那四个汉字代表他们老两口对陶姐这位中国儿媳妇的评价。他们还感谢她使他们学会说许多中国话了。而陶姐，对待他们也像对自己的父母一样，一向发乎真心地孝敬着。沃克的父母是在同一天去世的，一个逝于上午，一个逝于下午，都是以八十多岁的高龄，逝于医院的同一间病房的。在他们的葬礼上，陶姐哭得一把鼻涕一把泪的。

有次陶姐以一种讨教的口吻问丈夫："亲爱的，你既然是一名虔诚的基督徒，那么真能做到别人打了你的右脸，而你会心甘情愿地将左脸也伸过去吗？"

丈夫不假思索地说："只有傻瓜才会那样，你的丈夫肯定不是傻瓜。绝大多数神职人员也许会那样，因为他们是教众的榜样。而我既不是傻瓜，也不愿做任何榜样，我只不过是一名普普通通的基督徒。如果打我右脸的是老人、孩子或妇女，我想我会微笑着把左脸也伸过去的。而我认为，通常情况之下，即使他们还想打你，往往也就不忍再打了。但如果是年龄比我小的男人，那就另当别论了。如果他明摆着是在欺负我，我会反过来把他的牙打掉的。你丈夫有时候可不是好惹的，我是个自卫意识和自卫能力都挺强的人。"

陶姐咯咯笑了，她说亲爱的，你的话证明你对基督教的信仰并不虔诚嘛。

丈夫却庄重地说："按中国的哲学，法乎其上，才能取乎其中啊。

这是符合一般逻辑的。我对我的宗教信仰的态度就是这样。"

而陶妲，她对于基督教当然并无抵触。她只不过难以信服天堂和地狱之说罢了。但是却有些相信因果报应。因为前者是无法证实的，而在现实社会中，后一种现象却是不少的，知道得多了，往往令人不由得一信……

第二天，在教堂里，陶妲真的向神父忏悔了一通。忏悔自己不应以虚伪的态度对待别人相求的事，也忏悔自己不应以复杂的心理猜度一位好朋友的品格……

出了教堂以后，丈夫问："心情好些了？"

她由衷地说："好多了。"

同时却暗想，既然国内已经没有亲人了，那么以后少回国几次吧。少回国，少惹是非。

忏悔之后，她即着手办理李辰刚委托于她的那一件事。正如丈夫说的，因为李辰刚儿子的英语水平与留学所要求达到的水平相差甚远，而且语文、数学两科都有不及格的记录，操作起来颇费周折。美国虽然也讲关系、讲情面、讲通融，但绝不像在中国那样只要关系硬便一路绿灯。何况陶妲只不过是那所大学里五六百位教授中平平常常的一位。她恳求丈夫出面协助一下，丈夫拒绝了。他说学习那么差的一个孩子，还非出国留学干吗呢？陶妲说，正因为学习那么差，在中国也许连所普通的大学都考不上，所以只有曲线获得大学文凭啊。丈夫说，如果他真来了，学习跟不上，毕不了业，甚至被取消学籍，别人一打听原来我也是推荐人，那就连我的脸也丢尽了。咱们两个人，应该确保一人不因这件事而丢脸。究竟确保你还是确保我，这倒可以由你来决定。陶妲苦笑了，说那就还是确保你吧。

如果确保我的话，对你不是太不公平了吗？于是她一边继续尽力而为地进行，一边不时向李辰刚"汇报"情况，提醒他不到最后办成，都要做好她办不成的思想准备。而李辰刚每次与她通话之后都会这么说："陶姮，你办事，我放心。我对你的办事能力充满信心，你也要对自己充满信心嘛！"——口吻听来亦庄亦谐，却令陶姮分不太清究竟是庄的成分为主，还是谐的成分为主。又像是一位大大的首长，在和蔼可亲地勉励小小的下属，为的是使下属能够心怀感激，诚惶诚恐地明白——这件事交给你办，那可是对你的倚重，否则这份"工作"早分配给别人了……

　　丈夫虽然拒绝参与那件事，但暗中还是给予了不少协助的。几度山穷水尽，几回柳暗花明，当终于对最后一位关键人物也游说成功之后，陶姮一回到家里就让丈夫看她嘴唇。丈夫奇怪得直眨巴眼睛，她说的话却是："我觉得我嘴唇磨薄了。"尽管办成的是别人委托的一件事而已，夫妻二人还是觉得有必要庆贺一番，于是他们到一家消费价格最高的饭店去美美地撮了一顿。在餐桌旁，她打李辰刚的手机，想将好消息及时告诉他。李辰刚的手机响了近一分钟他也没接。无奈，她只得给他发了一条短信。第二天中午，也就是中国夜里十二点钟左右，李辰刚回了一条短信是——我们又决定让儿子到英国去留学了，一切谢谢！

　　陶姮的索然无法形容，却没对丈夫说。有次丈夫问起，她编了一番谎话，说那孩子想通了，认为自己还是有必要在中国提高。提高英语，明年再议。丈夫反倒释然了，说这才是好孩子……

第 二 章

两个月后的这一次回国，却是陶妲首先向丈夫提出的。丈夫惊讶得瞠目结舌，她就娓娓道来地向丈夫讲了一件事情。丈夫听罢，当即表态："是应该回去。早就应该专为那件事回去一次了！"

于是第二天，夫妻双双向大学请假。丈夫预料，批假不会那么顺利，她也想到了这一点，将请假事由写在了纸上，结果顺利得不能再顺利。正如中国话所说——一路绿灯。

陶妲的请假书，成为该校有史以来最长的一份请假书。三千余字，亲笔用秀丽清新的英文写的……

那是一件三十五年前的事。确切地说，是1975年的一件事。当时中国还处于"文革"时期，而陶妲才十三岁。那一年她的父母已从中国的"教育战线"被"扫地出门"八年多了。"文革"伊始，她的父母就因为是"黑线人物"被打入了"另册"，八年中不断转移劳改地，最终被遣送回了她母亲的原籍。一般来说，对于是夫妻的"黑线人物"，往原籍遣送那也首先考虑往男方的原籍遣送。但她父亲出生在香港，便只有将他们夫妻往女方的原籍遣送。父母往哪儿去，自己跟向哪儿，对于十三岁的陶姐，没有另外任何一种选择。起先是父母轮番抱着她背着她转移劳改地，年复一年，后来自己渐渐就能跟着父母走了。当年她父亲的罪名是"特嫌"，在所谓"黑帮"分子中，尤其是万劫不复的罪名，甚至在"另册"的人都避之唯恐不及。"走资派"是在"路线斗争"中站错了队，还有经过批斗和改造，重新站回到"红线"的可能；"右派分子"还有熬到"摘帽"那一天的盼头；曾经的地主富农，只要不乱说乱动，也只不过就是被视为"死老虎"；而坏分子性质上属于人民内部矛盾。"特嫌"却是和"现行反革命"的罪行性质同属一类的。"现行"就是现在还有行动，"嫌"在当年差不多就等于"是"。陶姐就是伴随着这样的父母，在经常转移劳改地的过程中，从五六岁一晃成长到十三岁的。她的眼，从小见惯了父母所受的种种凌辱，也见惯了人间种种悲惨又冷酷无情的事情……

　　母亲的原籍是南方某省一个有八九百户人家的农村。在当年的中国，算得上是一个大大的农村，是乡政府所在地，有小学还有中学。那小学中学，都是新中国成立前陶姐的外祖父发起集资创办的，她外祖父是科举终年的举人，那以后科举制度就废除了。为了创建村里的小学和中学，她外公将家产折卖了十之七八。她外公家确实曾是村里的首富，他虽然被拥戴为中学校长并兼着小学校长，家境却随之降低得几近于清贫。陶姐跟随父母在村里落户不久，某日村里同时进行了两件事：一是庆祝"文化大革命"取得伟大胜利九周年；二是把她外祖父的坟墓给掘了，并当场将骨骸用锄头砸碎，搅拌进粪堆里了。接着开了一通批判会。在批判会上，她的外公被众口一词说成是"假善人"。更有甚者，一个既是中学"革命委员会"委员又是语文老师的男人，瞪着她的父母严厉地问："知道为什么以前没有动'假善人'的坟墓吗？"——站在台下第一排的她的父母，此时才敢于抬起头来，都默默地摇头。

那男人大声说："因为早料到了你们总有一天会被遣送回来，就是要当众掘给你们这些孝子贤孙看的！"——他的左脸有一大片紫痣。

陶姁一下子便记清了他的样子。正如常言所说的，"扒了皮也认得出骨头"。

那天，陶姁的母亲一回到腾给他们一家三口住的小破屋里，对她父亲开口说的第一句话是："这么活着，还不如干脆死了算了！"

父亲便长叹一口气说："是啊，我也这么想的。但如果我们真死了，女儿更可怜。"

于是母亲一下子紧紧搂抱住她悲哭起来，不敢哭出声，怕被人听到。

陶姁却没哭，也没流泪。

她暗想——世界上不可能有一件事是永远也不会结束的。自己才十三岁，熬得到那一天的。熬到了那一天，她就会看到一些自己所憎恨的家伙反过来低头认罪了……

令她的父母和她自己都没想到的是，村里掌权的一些造反派们，居然命令式地要求她去上学。他们的说法是："你们的女儿必须接受学校里的红色影响。那她的一生还有救，也许还可以争取成为无产阶级的人！"

于是陶姁得以入学。虽然自幼失去正常享受教育的机会和权利，但她那是高级知识分子的父母充当起了有水平的老师，使她开智甚早，才十三岁，却将初三各科都已学通。学校起初是不了解这一点的，让她插在初一的一个班。那个班的班主任，正是左脸有一大片紫痣的语文老师，竟然也姓陶。

陶姮很快便成为那个初一班级里学习成绩拔尖的学生，又很快成为全体初一年级学习成绩各科第一的学生。起先第一过的一些孩子，嫉妒了一阵子，对她同仇敌忾了一阵子，后来见她并不因此而傲视他们，不知怎么一来，又暗中成了她的朋友。

孩子之间互相放弃嫌恶，成为朋友，比大人之间容易多了，也自然多了。那些学习好的学生中的几名男生，甚至以保护她不受欺辱和伤害为己任了。他们对她的同情和保护，像阳光照耀进她的心田。也使她更加坚信，一切恶事都将结束的那一天肯定是会到来的。

陶老师认为她不应该再是初一的学生了，建议学校让她跳级到初三去。学校还为此开了一次会，会上有别的几位老师对陶老师的建议大加批判，他们说："你别忘了陶姮她是什么阶级的后代！她外公早年间是典型的封建地主阶级人物，她父母都是留过洋的资产阶级知识分子！她是双料的反动阶级的后代，让她跳级，等于是对全校出身于贫下中农家庭的学生的精神打击！那是绝对不行的……

陶老师反驳道：让她继续留在初一，一直成为全体初一年级各科第一的学生，难道就不是对出身好的学生们的精神打击了？

分数是老师判的，你为什么总给她判那么高的分？！

她题题都对，不给她判 100 分，那你让我怎么给她判？

还有卷面分！还有格式分！难道哪方面都不能扣去几分吗？

她卷面清洁！她格式规范！反正我是找不出理由扣分的！

陶老师就出示她的卷子给对方看，以证明自己判得公正。

孰料一位老师还真的从她的卷子上看出问题来了，指点着质问："这里，这里，还有这里，这三道代数题，全都少一个解题步骤，冲这点就该扣分！一道扣五分，那100分也变成85分了！"

陶老师急赤白脸地说："我认为对她这样一名学生，那个步骤是完全可以省略的！"

一位老师强词夺理："省略？还完全？谁知道她那结果是不是抄别的同学的呢？有她的解题草稿证明肯定是她自己解出来的吗？"

陶老师自然拿不出陶姐的解题草稿，他不禁拍了一下桌子："抄别的同学的？她在全年级甚至可以说在全校学习最好，能抄谁？只有别的同学抄她的份儿！"

主持会议的女老师终于开口了，板着一副正义化身似的面孔，语气极为严肃地指斥："陶老师，我提醒你不要忘了，你不但是一位老师，还是校'革命委员会'的委员！你的做法当然那就等于——长资产阶级后代的威风，灭贫下中农后代的志气！怎么，同志们批评得不对啊？姑且不论数学了，再说作文吧。作文有标准答案吗？没有吧？连没有标准答案的作文，你都要次次给她优上，你究竟怎么想的？我看同志们不但批评得对，还不够刺刀见红呢，还没挖到你的思想根源！依我看，是你头脑中那一条阶级的红线画歪了，体现在给分情况上只不过是表面现象。一个人头脑之中的阶级红线画歪了，那他对人对事的一切立场也就全是错误的！他的每一言每一行也都必然大成问题！"

陶老师张张嘴，分明欲分辩，致使对方又拍了下桌子。

"你不要再辩解了！我还要提醒你一句，别忘了你自己又是什么出身！"

陶老师的父亲 1949 年以前在省城教育厅当过科长，这是他的软肋，别人无意间触碰到了都会令他全身的神经顿时紧绷起来，何况是在开会之时被校"革命委员会"主任拍着桌子大加训斥！如果不是由于他在"文革"中与父亲划清了阶级界线，脱离了关系；如果不是由于他毕业于师范学院；如果不是由于他写批判文章的能力强（每可达到挥笔成章的水平），按他的出身，连分到这样一个人口众多的大村的中学当老师的资格那也是不具备的，更不要说当上一名"革委会"委员了。尽管他一向言行谨束，其实还是有不少人背地里议论他是混入"革委会"的，应该及时将他清除出去……

那次因陶妲开的会，最终以责令陶老师写一份深刻的检讨而结束。

陶老师们集中在教研室开会之时，一个正在操场上体育课的班级获得了十分钟自由活动的时间，于是使这个班级的几名学生有机会偷听到了教研室里的会议内容。那几名学生传播给另外几名学生，另外几名学生传播给更多的学生，最终由那些暗中与陶妲结下了友好关系的学生告诉了她。但他们告诉她的情况，已经与教研室里那次会议的实际情况大相径庭了。

即使你今后的作业尤其是考试没有错误，那陶老师也不会再给你满分了！他一定会鸡蛋里挑骨头地硬找出毛病扣你分的！特别是作文，他再也不会给你优上了！——陶妲听到的是诸如此类的话。自然，那几名同学是同情又愤愤不平地说的。

在当年，女人一旦掌权并且"左"起来，往往"左"得比同样的男人可怕多了。而大人们，本应是比孩子们更具有同情心和正义感的，在当年却又完全不是那样。在当年，许多许多大人像是邪教徒了。也不过只有少数的孩子，表现出人所本能的同情心和正义感。对于陶姮，那实在是不幸中的万幸……

陶姮听了几名和她暗中友好的同学的话，愣了一会儿，仿佛不在乎地说："随便他怎么样。"

其实她不是对分数一点儿都不在乎，而是很在乎。因为分数，只有分数，某些情况之下，对她的尊严能起到微小的，甚至意想不到的维护作用。

期末考试后，放暑假前的一天，她在她家住的那间东倒西歪的小破泥草房附近看见了陶老师。她猜不到陶老师为什么会出现在她家附近。其实陶老师已经在那儿转悠好一会儿了，为的是也看见她。她刚从屋后的山上下来，背着一小捆在山上捡的干树枝，用野蒿拧成的草绳捆着，双手攥着草绳的末端。

她一看见陶老师，暗吃一惊，手一松，干树枝散落于背后。如果有人呵斥她"盗窃集体之物"，那罪名尽管小题大做，对于她却也是能够成立的。在当年，山是集体的山，地上长的一草一木，理论上全都归集体所有。村中有个老地主，只因为在河里发现了一条被水禽啄伤、半死不活地漂在河面的巴掌那么大的鱼，捞起捡回家，偷偷炖了锅汤，还被召集百多人的大会批了一通呢！

陶老师四下望望，确定周围没人，快步走到她跟前，替她归拢了干树枝。接着，他捡起了草绳……

她看出他是想替她扎捆，夺下草绳说："不用您，我自己来。"

她并没说出谢意。事实上，她的话明显有种排斥的意味。弯下腰自己扎捆时，听到陶老师结结巴巴地说："陶姮啊……我……那个……就……就是你这次考试的作……文……其、其实呢……"

她又将树枝背起,瞪着陶老师的脸问:"老师,您到底想说什么?"

她看出陶老师脸上那片紫痣,分明是更加紫了。

陶老师越发结巴地说,他希望她知道,他觉得她这次的作文那也还是写得不错的。写一些孩子爱护一窝小鸟的事,起码他是喜欢的。分数嘛,只不过是分数,希望她不必太计较,他有他的难处,更希望她能理解……

陶老师是能说会道之人,从没结巴过的。

她低声说:"我能正确对待。我早就能正确对待好多事了。"

说完就走。

她忽然想到了一条毛主席语录:"假的就是假的,伪装应该剥去。"

…………

那一个暑假,确切地说,是 1976 年的暑假,她和那几名暗中与她友好着的同学经常偷偷在一起玩。尽管得避开某些"特革命"的大人们的眼才能聚在一起,却终究还是玩得较为开心的。酒能使男人和男人间更讲义气;儿女能使女人和女人之间更快地找到共同话题;而玩能使孩子和孩子之间的友谊巩固。

9 月份开学后,村路上出现了一种当年司空见惯的情形——从小学生到初中生,成群结队地拖着竹子或扛着竹子或抬着一根竹子去往学校。那是南方生长得最多的青竹,也是用途最广的竹。在一个普通的农民手中一年到头没点数过几次钱的时代,上学了的孩子们,只得用自家房前屋后的竹所卖的钱来交学费。一根成竹也就是杯口般粗的竹,可以卖五角钱。细一些的卖三角钱。再细的卖两角钱。

每到要交学费的月份，村路上一向会出现以上那一种情形。在学校附近，专为卖竹的学生们设立了收购点儿。一、二年级的小学生，还是要由家长代他们去将竹卖了的。三年级以上的学生，竹粗人瘦的话，便只有将竹拴根绳在地上拖。五、六年级的学生却宁愿两个人抬一根，那样走得快。而初中生们，则差不多都是一人扛一根，并尽量装出轻松的模样，以显示自己是有把子力气的；连女生也不例外。当年小学生每学期的学费是三元，中学生每学期的学费是五元。许多农村里不正规的学校，学费会低些。而那村是个大村，学校上了规模，定为正规学校，学费按县城里学校的标准收。

陶姐的父母都已经没有了工资。起先在不同的地方劳改时，每月各自还有十来元生活费的。自从被遣送到风雷村，连那十来元也取消了，得靠挣工分才能吃上饭。父母的身体都不太好。尤其母亲，被押送到风雷村后，连精神有时候也似乎不怎么正常了。何况，他们从没干过农活，干农活时的笨拙劲儿，比半大的农村孩子还不如。靠他们挣那点儿可怜的工分，一家三口是会饿死的。幸亏父亲对一家的苦难处境是有长期思想准备的，在还有点儿生活费的那几年，硬是口挪肚攒地存下了七八十元钱，缝在一件衣服的兜里。一说又要转移劳改地，别的什么东西都顾不上，首先找出来紧紧抓在手里的便是那件衣服。实际上，一家三口来到风雷村以后，主要是靠那点儿钱才得以继续活着。陶姐心中有数，那点儿钱肯定所剩无几了。开学前，她接连做了几次梦。梦到陶老师冷着面孔伸手向她要学费，而她没钱交，低着头手足无措。她不忍心向父母伸手要学费，有时甚至不想上学了。还有时，甚至想一了百了，干脆死了算了。她预料得到，如果自己真的死了，父母紧跟着就会双双自杀的。她明白父母其实是为了她才屈辱地活着。而自己也是为了父母还能活着，才同样忍受屈辱地活着。

开学前那几天，她还在梦里偷偷砍过别人家的竹，结果被发现。在现场开起了她的批斗会，父母也被拖来陪斗……

然而苦难之境中，居然会有救星。救星是那几名暗中与她友好往来的同学。他们劝她不必因学费而发愁，各自早已为她多砍了一根或两根自家的竹。甚至，也不用她自己一根一根地往学校扛，他们代劳了。她心里既感动又充满温暖，她想自己总得也为他们做些什么，于是就在一本作业本的背面负责记录。谁又卖了第几根竹，卖了多少钱，一笔笔记得一目了然。他们就索性将卖竹所得的钱交由她保管，并委托她一并交给陶老师。不消说，其中包括她的学费。

村路上学生"竹子搬运工"的身影日渐少了，终于有一天，竹与孩子并不形影相随了。新学期开始，各班级各年级正式上课。

一天课间，陶姮像往常一样，独自坐在篮球架下的石条上，望着满操场的学生跑跑跳跳，喊喊叫叫，或仨一堆俩一伙地说话。在学校里她仍很孤独。那是明智的孤独。用现在的说法，是"自行边缘化"。为了不使那几名暗中与自己友好的同学受什么"政治牵连"，也为了不给自己和父母惹什么麻烦。那位校"革委会"主任的女人，即使在中小学生之间，往往也会发现"政治新动向"。十四岁的陶姮对她和唯其马首是瞻的几个老师，不得不防。在她看来，陶老师当然是他们一伙的。

正望得发呆，陶老师不知什么时候走到了她身旁，向她伸出一只手，好像被别人逼着似的说："陶姮，你的学费也得交了……我知道……但今天，已经是学校限定的最后一天。另外八名同学，他们说……他们的学费也在你这儿……由你一总来交……"

最后的话，他说得不太确定，似有求证的意思。

陶姮愣了愣，反应迅速而强烈地回答："我交了呀！"

与陶老师那种不太能确定的话相比，她的话说得极为肯定。

陶老师诧异了："交了？交给谁了？"

陶姮不高兴了，往起一站，抗议般地说："交给你了啊！"

"交给我了？什么时候？在什么地方？"

"昨天早上！在校门口！我碰到了你，就把我们几个的学费交给了你。用手绢包着，有几名同学是可以做证的……"

陶老师眯起眼，呆望远处。望了半分来钟，犹犹豫豫地说："那……既然是你说的这样……我……我再对对钱数和人数……"

他说罢转身就走。走得急匆匆的，边走还径自嘟囔了句什么。

而陶姮，一时气得浑身发抖。怎么能不气呢？连自己在内九名同学的学费加上课本费杂费什么的，五十多元啊！卖了一百多根竹的钱啊！五十多元在当年的农村，可是不少的一笔钱！没有壮劳力的人家，辛辛苦苦干一年，到头来也不过仅能挣五十多元！那么大的人了，才昨天的事，怎么可以说忘就忘呢？真忘了还是假忘了啊！

然而下一堂的化学课，陶姮倒也没太由于陶老师问她学费的事分心。她明明将学费交给他了，那是一个千真万确的事实，而且有三名同学看见了。他们都是和她友好的同学，她相信他们肯定会做证。再说他们也不太喜欢陶老师，因为他平时对学生的要求太严格。但她也没怎么用心听课，在别人家孩子才上小学四五年级时，父亲就已经将初一至初三的化学常识基本上对她讲过了。父亲曾是大学里的化学教授，比这一所中学的化学老师讲得有趣多了。她只不过背着手端端正正地坐着，想自己一家以后的命运可能还会糟到什么地步。想到伤心处，眼眶一湿，伏在了桌上。

不料下课后，守在教室门边的陶老师叫住了她，阴沉着脸让她跟他到教研室去一下。师生二人进入教研室，已有四位下课了的老师也回到教研室了。有的在喝茶，有的在看报。

陶老师坐下后，对肃立在自己跟前的陶姮说："我又对着登记册统计了一下钱数，还是少你们九名同学的学费和书杂费。不错，昨天上午我是在校门口碰到了你，但你只问我如果你不买课本行不行。我当时的回答是：'没有课本你怎么能在学校里学习呢？'是这样吧？但是之后你绝对没给我什么用手绢包着的钱……"

"我绝对给了！"——陶姮大叫起来。

陶老师愣了愣，也提高了声音："老师是不会记错的！"

"我也是不会记错的！有同学可以为我做证！"

陶姮的声音都发尖了。先进入教研室的，刚进入教研室的，每一位老师的目光都望向了她和陶老师。

陶老师就愣得发呆，良久说不出话来。

陶姮哭了。不但觉得委屈，而且认为清白无端地受到了怀疑，人格也受到了严重侮辱。

"凭什么你说你是不会记错的，我就非得承认是我记错了！我有证人可以证明我当时把钱交给了你，你有证人证明我当时没把钱交给你吗？我明明把钱交给你了，你当老师的还朝我要，你就是成心欺负学生！今天我把话说清楚了，要钱没有，要命一条！把我逼得没法儿了，我就死在你家门口给全校的学生和老师看！给全村人看！我如果被你逼死了，即使我父母无法替我申冤，老天爷有眼，他也饶不了你的！"

陶姮宣泄着大喊大叫，愤怒地挥动手臂，轮番跺着双脚。长期的屈辱，长期的压抑，不，是长期的被压迫感，在那一时刻，全面地、总体地、骤然地爆发了！就像通常所形容的："火山喷发了！"——也可以这么说，十四岁的少女，当时歇斯底里大发作了！她叫喊。后来，一屁股坐在地上，蹬踹双脚号啕大哭。

那意味着是她对自己和父母以往所遭受的一切一切迫害的表现猛烈的总抗议。当然，也是第一次抗议。十四岁之前，她连那样的意识那样的勇气也丝毫没有。

陶老师半张着嘴，双眼瞪得大大地看着她，惊骇的表情僵在脸上，身子也仿佛被浇铸在椅子上，动弹不得了似的。他脸上那一大片紫痣，紫得发黑了，如同老茄子的颜色了。

一位女老师站了起来，一言不发地走到陶姮跟前，将她拽起，拉扯到了门外。

门关上后，她小声对陶姮说："别哭了，回家去。起码我听明白了，没你什么责任。有些公道，到时候还是会有些人愿意出面主持一下的……"

女老师的话，使陶姮内心里那巨大的难以控制的宣泄情绪，总算平缓了一下。她走在回家的路上时，用各种解恨的话语，在心里将陶老师诅咒了一遍又一遍。

进了家门，父母还没回家。据父母说，他们这几天跟村里的些个"专政对象"在砍茶秧。当然，是在被监视的情况之下。村里的干部们一时觉悟不高，允许村民偷偷将几亩农田栽上了茶秧，为的是可以用卖茶叶的钱解决一下缺少办公费的问题。而所谓办公费，又只不过是迎来送往、吃吃喝喝的支出。此事被革命群众向县"革委会"揭发了，于是引起县里干部们的高度重视，予以严厉批评，勒令限期将茶秧砍光。怕父母一回来看出她哭过，她赶紧洗了脸。擦脸时，目光不禁落在床头唯一的一只旧柳条箱上。柳条箱的四角全被老鼠啃破了，却挂着把小锁。一家三口每人有一把钥匙，全都将自己认为还有点儿保存价值或重要的东西放在里边。陶姮那一把钥匙总是挂在颈上，她俯身开了锁，从中取出了一个小木匣子。包括自己在内的九名同学的学费和书杂费，在没交给陶老师之前，便放在小木匣子里。她那么做，可以说是条件反射的促使。就好比大人怀疑孩子刚偷了什么东西，而孩子将所有的兜都弄了个兜里外翻，然后大声说：看，我就这几个兜，有吗?!

但是当她打开小木匣时，傻眼了——手绢包着的钱竟还在里边！

怎么会这样！

她觉得自己全身的血液仿佛都不流动了，觉得连心跳也停止了。

如果……

如果这时候陶老师出现在面前，那自己就是全身长一百张嘴也说不清了！即使出现在面前的不是陶老师，是在教研室里亲眼看到自己号啕大哭起来的任何一位老师，自己也完了！就算出现在面前的不是那几位老师中的一位，而是几名与自己暗中友好的同学中的一名，自己的下场也肯定会是身败名裂、遗臭万年的！他们是出于同情和正义才暗中维护她的，他们是认为她品行好才不顾她的家庭问题暗中和她成为朋友的——而现在事情变成了这样，谁还能认为她品行好呢？

怎么会这样啊?!

但事情又确确实实变成了这样！

不管是谁看到了此刻那些用手绢包着的钱居然在她手上，她也肯定将被视为一个极其卑鄙的人无疑！尽管她才十四岁！而且还会视她为一个极其善于表演的人！在教研室里她的号啕大哭，尽管事实上是真哭，在别人看来那也肯定是逼真的表演了！

那自己还有脸活吗？

只有自杀！

那父母还活个什么劲儿呢？

也只有自杀！

想到以上一环套一环的可怕结果……不，那简直可以说是可怕的下场啊！不但可怕，而且死了也没人同情，只会被说成是可耻的下场……她腾地从床边站起，目光迅速巡视一番，拿起了窗台上的一只空饭盒，将手绢包慌张地塞入饭盒，盖好之后，夹着就往外跑。跑出家门，考虑到了什么，返身又跑回屋，再抓起了一把镰刀……

她一口气跑到屋后山上，选择了一棵最粗的树，蹲下飞快地用镰刀掘个坑，将饭盒埋入了坑里。直起身后，再将浮土踩平，收集了些落叶盖在上边……

之后，这十四岁的少女在一块山石上坐了下去，开始寻思事情怎么会变成了现在这样。渐渐地，她理清了头绪。原来，和同学们一起卖竹子那几天夜里，她接连做过情形相似的梦，梦见在校门口或教室门外碰到了陶老师，主动地甚至有些高傲地将包括自己在内总共九名同学的学费交给了陶老师……

你不是几次在课堂上强调——非贫下中农子女是没资格申请免费的吗？

我陶姮绝不会低三下四地苦苦哀求免费的。

你看，我交得起学费！

这样的梦做了几次之后，在她头脑中，梦境于是"变成"了事实。或者这么说，当陶老师伸手向她要学费时，深深印在她头脑之中的那深刻的梦境，条件反射地促使她立刻就这么回答了一句："我交了呀！"

这十四岁的少女，当时自然是并没想到"条件反射"四个字的。但一点儿也不影响她终于寻思明白了这么一点——原来是自己将梦里的情形和事实搞混了……

接下来她不得不苦苦寻思的是——事情已然变成了这样，那我究竟该怎么办？寻思了半天，却并没寻思出一个自己比较满意的办法。而她比较满意的办法那就是，既足以保护了自己的品行不受怀疑，又不至于昧着良心使陶老师替自己背上黑锅。主动承认自己记错了，当然也就全没陶老师什么事了。但谁又能相信自己确实是记错了，而不是原本打算贪污了同学们辛辛苦苦卖竹子所得的学费，只不过在陶老师的"审问"之下才不得不放弃卑鄙可耻的企图呢？那是一个全社会都相当一致地习惯于有罪推断的年代。不论什么人，如果不幸和"坏"字、"罪"字或"卑鄙"之类的字词发生了干系，只要有几个人甚至一个人带头坚持认为他或她肯定是有罪的，起码是企图犯罪的，那么许许多多的人都会将那不幸之人视为过街老鼠，人人喊打。陶老师肯定是一个坚持认为她罪名成立的人无疑了，估计那八名和自己暗中成为好朋友的同学，也会认为她玷污了他们对她的友情，而他们看错了人。

她转而又这么想——陶姮，你为什么坐在这儿苦苦寻思，寻思来寻思去的，非寻思出一个对陶老师也有利的办法不可似的呢？事情明摆着，如果对他有利了，对你自己肯定就是一场灾难了啊！他如果是个还不错地对待过你的人，你倒也值得替他考虑。可他对你是多么的不公正啊！作为老师，他甚至非昧着良心鸡蛋里挑骨头，硬是从你的作业和考试卷上挑出根本不是错误的错误，于是仿佛理所当然地降低给你的分数。他那么做之前替你考虑过吗？在乎过你的感受吗？他那么做就不"坏"就不"卑鄙"就不"可耻"了吗？进而，她又联想到了陶老师在批斗大会上当着自己一家三口所说的那些恶狠狠的话。他当时的样子，以及他当时所说的某些话，直到那一天，仍像一根根钉子钉在十四岁的少女心上。

当这少女下山时，她已经决定了坚持将那些学费交给了陶老师的说法。哪怕刀架在脖梗上也不改口。劝她离开教研室的那位女老师不是显然地相信了她的话吗？这对她有利。只要采取一种宁死不屈的坚持态度，事情的结果将肯定对自己更有利。至于陶老师，见他妈的鬼去！谁叫他是一个坏人呢！十四岁的少女经由自己一家的命运，总结出了一条区别好人和坏人的经验——凡是对命运被踢入悲惨之境的人麻木不仁、毫无同情心者，都只不过勉强算个人，却绝非好人。而乘人之危，落井下石，为了争取到什么利益而不惜加重别人悲惨命运的人，当然是从里坏到外的百分之百的坏人！对坏人怎么样那是谈不上昧良心不昧良心的！她要替许许多多她这样命运的孩子，她父母那般命运的父母惩罚惩罚坏人。有机会能够惩罚一个，为什么不惩罚？

当她二次进入家门时，父母已经回到了家里，都背靠一面墙肃立着。除了父母，还有两个男人。一个是学校负责保卫工作的副校长，也是"革委会"成员。另一个是县教育局的什么人物，在开学典礼上，代表县教育局"革命委员会"到学校来讲过话的。

破家里虽然东西少得可怜，但还是被翻得乱七八糟。连枕头和被褥也被拆开了。她明白，那两个男人对她的家进行了彻底搜查。

十四岁的少女丝毫也没表现出忐忑不安的样子。一则那是她自幼便见惯了习惯了的事，二则她内心里已经树立了一种"正义信念"。起码她自己认为是正义的。

县教育局的干部上下打量着她问："你就是陶婳吧？"

她默默点了一下头，默默站到了母亲身旁。但并不像父母一样垂着双臂低着头。相反，她将腰挺得格外直，昂着头，下巴微微翘起，睥睨着两个大男人。

副校长问："陶婳，你干什么去了？"

她立即回答："到河边去了。"

她想她不能说到山上去了，万一他们组织人搜山呢？五十多元钱的事，在如今是屁大点儿的事，在当年可是非常严重的一个事件。当年有些仅仅挪用了二十几元公款的人，那还被判了三五年不等的刑呢！何况那五十几元钱关系到九名学生的学费和书杂费。

副校长又问："刚放学不久，拿着镰刀到河边去干什么？"

"想砍些柳条。"

她平平静静地回答。那一时刻，十四岁少女的应激反应被空前机智地调动了起来。如同阿庆嫂，刚回答了上句，下句便已成竹在胸了。句句回答得严丝合缝，滴水不漏。

县教育局的干部迅速地接着问："砍柳条干什么？"

他以为他问得那么迅速，如果她是在撒谎，定会被问得张口结舌。

十四岁的少女抬起一只手臂，指着被翻得见底的柳条箱说："我家柳条箱被老鼠啃了那么多洞，我想用柳条把那些破窟窿补上。"

副校长紧接着问了两个字："你会？"

她说："毛主席教导我们：'实践出真知。'任何人做任何事，都必将有个从不会到会的过程。我爸妈以前还不会干农活呢，他们现在不是渐渐地在干中学会了点儿吗？我已经十四岁了，对于我，不应该再把自己当小孩儿了。毛主席又教导我们：'农村是一个广阔的天地。'我要从现在开始，在农村这个广阔的天地里，学会做种种我以前不会做的事。"

教育局的干部紧接着又问："那为什么空手回来了？"

她说："看到了一条蛇盘在柳树枝上，这么长，这么粗，吓得我不敢在河边了……"

两个男人交换了一下眼色，县教育局的干部一摆头，他们先后走了出去。

而陶姐，紧跟在他们后边去关门。她从门缝看见也听到了，县教育局的干部刚走两步站住，问副校长："你怎么认为？"

副校长嗫嗫嚅嚅地说："我觉得，不太可能是……陶姐想要昧了那笔……"

县教育局的干部说："那还用说？当然不可能！我指的是，你对陶姐这名学生有什么看法？"

副校长张张嘴，什么话也没说，想必是不敢轻易发表看法。

县教育局的干部却说："我倒是觉得，咱俩刚才，有点儿像《沙家浜》'智斗'那场戏里的胡传魁和刁德一……"

副校长却说："胡传魁对阿庆嫂当时还讲那么点儿义气，从我这方面而言，对陶姐一家绝没什么义气可讲。不论我们学校还是我们村的干部，在大的政治原则问题上，那是从来也不含糊的……"

县教育局的干部大声打断了他："得啦得啦，别净扯些不三不四的！我认为，陶姐这一名女生，很是与众不同。才十四岁，你看她那种从容镇定的模样，比不怕事的大人还不怕事！今年是哪一年？"

"今年……1976年……"

"'文革'进行几个年头了？"

"可能……十年了……对，十年都多了……"

"亏你还知道今年是1976年，亏你还知道'文革'已经进行十年多了！同志，政治斗争更激烈了！各条战线都更需要政治典型了！我看陶姐就是一个值得树立的'可以教育好的子女'的典型！要是连她都成了那样的典型，那就等于为'文革'立了一大功！你们要尽快将陶姐树立成那样的典型！谁有什么异议，就说是县教育局的指示！"

副校长诺诺连声地听了一通训后，跟随在县教育局干部身后，一步三回头地走了。这使陶姐未免奇怪，不明白副校长为什么回望她的家门。然而县教育局那位干部的话，对于她如同服下了一颗药效极快又极强的定心丸。她暗想：看来事情往下的发展对我更加有利了。

这十四岁的少女，从那一天开始善于审时度势了。

她刚从门口退开，母亲首先走到了她跟前，心有余悸地问："女儿，告诉妈实话，你究竟在学校闯了什么祸？"

她若无其事地回答："妈，我发誓，我绝对没做任何招惹他们到家里来搜查的事。"

她竟能把话说得很令人安慰。

"那他们为什么来？"

"不是快过'十一'了嘛，也许是按照要求，例行公事呗。"

父亲也走到了她跟前，狐疑地问："你在门口站那么久干什么？"

她说："他们站在不远的地方说话，我想听听他们说些什么。"

父亲走到门前，弯下腰，也将脸贴在门缝朝外望了一眼，转身又问："听到了？"

她点一下头。

"说了些什么？"

"他们说，应该把我树立成'可以教育好的子女'的典型。"

父亲就又走到她跟前，一下子将她紧紧搂在怀里，好像马上有人要来将她从家里拖走似的，顿时流下泪来，无奈而悲怆地说："她妈，他们这是要从感情上和咱们争夺女儿啊，那咱们怎么争得过呢……"

结果母亲低声哭了。

而她发誓般地说："爸，妈，你们都放心好了，我永远是爱你们的女儿。不管是谁，哪怕他说得天花乱坠，也休想从感情上把我和你们分开。"

她从父亲怀里挣脱了，走到床那儿去，往柳条箱里收拾东西。

父母对视一眼，随即一齐望着她，都吃惊他们十四岁的女儿口中，怎么一下子说出了大人话？而且说得不动声色。

正是从那一天起，十四岁的陶姮，与她的少女时期告别了，如同在思想上破瓜。

副校长回头望她的家门自然是有原因的。那位副校长与陶老师长期不和。他出身比陶老师好，却不如陶老师那么有才。确切地说，陶老师那种挥笔成章写大字报的能力，是他这辈子也难以具有的。有才的人，总是难免被嫉妒的。嫉妒陶老师的老师不少，那位副校长是嫉妒得最公然也最厉害的一个。其实陶老师也不值得多么嫉妒，因为对陶老师的政治原则是早已内定了的，即"只可利用，不可重用"。但是在当年，许多有这样的才能或那样的才能的人，不敢痴心妄想被重用，只不过希望被偶尔利用一下，那也是没有资格的。县里有次派人到学校考察干部，对那位副校长的结论中竟有这么一句："政治上是位可靠的好同志，遗憾的是能力不足。如果有陶老师一半的才华，那也可以继续培养提拔。"这一结论的意思明摆着是，认为他没有继续培养提拔的前途了。也许人家并没有这么绝对的意思，而且也不是白纸黑字的正式结论。但那话一传到他耳中，简直要把他气疯了。从此以后，他对陶老师不仅心怀嫉妒，而且滋生恨意了。偏偏，少了五十多元学费的事，由他来负责处理。由他一处理，上升为案件的性质了。而既然连县教育局的干部都认为陶妲这名学生不可能昧了那五十多元钱，结论也就只有一种了。想不到竟有由他来给陶老师做结论的这一天，他高兴得都想唱歌。

他还是找了三名学生来了解情况。那三名学生竟是陶老师一一点出的。这对于陶老师就又很不幸了，因为他们都是与陶妲暗中要好的学生。他们似乎从副校长的询问中品咂出这么一种意思——事情基本上已经搞清楚了，陶妲一方是没问题的，但仍需有旁证才能下结论。这三名学生的学费也在那五十多元之中，他们当然希望早点儿下结论。

一名学生说："我虽然没亲眼看见，但我和陶妲一块儿往学校走时，听她说过那一天要把我们的学费给陶老师。"

另一名学生说："我也听她那么说了。而且，在学校门口是陶妲主动叫住陶老师的。她一只手一边还往书包里伸，我想她就是要掏出那五十几元钱来……"

前两名学生是女生，第三名学生是男生。

那男生说："陶妲叫住陶老师后，他俩先进校门了。但是我等了陶妲一会儿，我亲眼看到陶妲从书包里掏出了用手绢包着的钱，并且一递一接地交给了陶老师。我愿意把我亲眼看到的事实写成证言……"

之后，那位副校长自然就该找陶老师谈话了。那是一场就两个人的谈话，气氛严肃得接近严峻，陶老师显出忐忑不安的表情来。

"陶老师，那么，只得请你看看这个啰！"

陶老师看过那名男生写的证言，脸上就淌下汗来了。

他说："这……或者……也许真的是……可我确实不记得……那，我会把钱放哪儿了呢？"

"是啊，你把钱放哪儿了呢？"

"大概……是我一时大意，把他们九名同学的学费弄丢了……也不能说……完全没有这种可能。副校长，您看这样行不行？我宁愿补上那五十多元钱，下个月就开始从我的工资里扣好了……"

而副校长却哧了一声，不置可否地说："先谈到这儿吧。"

说完起身便走。

坐在椅子上的陶老师呆如石人……

隔日，第一节课的铃声响过了许久，老师才进入陶妲那个班的教室。但不是应该给他们上那一节语文课的陶老师，而是别的班的一位班主任，身后紧跟着副校长。

副校长宣布：陶老师已经没有资格再当一位老师了，从即日起，由别的班的那位班主任暂时代理这个班的班主任。

那一节课的纪律空前地好，连平日里惯于搞笑捣蛋的学生，也皆坐得端端正正。几乎每一个同学，似乎都是在屏息敛气地听课。又似乎是被施了定身法，灵魂集体出窍，游荡向四面八方去了……

放学时，一辆从县里开来的警车停在校门口，垂头耷拉脑的陶老师，被两名公安人员押上了警车。

许多同学目睹了那一幕，陶姮也看见了。

据说，陶老师哀求在他被押上警车之前，不要给他戴手铐；两名公安人员没理他的哀求……

在一个案件涉及一笔去向不明的钱的情况之下，主要当事人如果承认是被自己丢失了，表示愿意从自己的工资里扣，那其实也就等于承认是被他贪污了。

当年，结果必定会是那样。

那五十多元钱并没从陶老师的工资里扣。他既已从一位老师变成了一个贪污犯，也就同时失去了当老师的那一份工资。五十多元钱，比他此前每月的工资还多二十元。五十多元钱，于是成了他家以后欠学校的债务。他家还有四口人：老母亲，是社员的妻子，一个刚上小学一年级的儿子和才五岁的女儿……

那天，陶姮回到家里没吃午饭。晚上父母回到家里时，见她躺在床上。她说她有点儿不舒服；父母以为她来例假了，既没多问，也没勉强她吃晚饭。

夜里，她咬住被角，无声地哭，泪水湿透了枕头……

几天后，代理班主任与她郑重其事地谈了一次话，严严肃肃地对她说，校"革命委员会"经开会研究，已内定她为"可以教育好的子女"的典型了，希望她以后在各方面都努力争取表现得突出一些，尤其在政治方面要有突出的表现。绝不可错过机会，辜负培养……

从此，她成为班级里乃至学校里一名很忙的学生了。她开始被通知参加各种政治思想学习班了，也开始被要求写大批判稿，在各种大批判会上发言了。她写的大批判稿，代理班主任替她一稿两稿地改不说，校"革委会"的头头们还要互相传阅，各自勾改一番才能定稿。以至于连她自己也搞不清，自己登台所念的究竟算是谁写的批判稿。

整个9月份，学校似乎不是学校了。三天两头地开批判大会，批林批孔、批宋江、批"幕后那个最大的走资派"、批"隐蔽在地下的翻案集团"……究竟批的是谁们，全校没有一名学生能说明白。陶姈也不明白。由于根本不明白，反而全没了半点儿有可能伤害到某个具体的、活在当世的人的心理障碍。写那类批判稿，她只当是在被迫练字；而登台读那类批判稿，她只当是在当众"开嗓子"。"开嗓子"是村里的一种普遍说法，即可着嗓子喊，据言对少男少女们的成长是有益的。否则，少男少女们变声以后，男的也许会是公鸭嗓，女的说起话来则永远的细声细气。那样的大姑娘，一旦做了媳妇，岂不是要受婆家人的欺负？故，谁家的少男少女大哭大闹、大喊大叫时，父母和邻人们是不理不睬的，只当那也是在"开嗓子"。

是的，陶姈每在台上激昂慷慨地大声读那类批判稿，并且一次次带头振臂高呼口号时，只当自己是在"开嗓子"而已。

于是她听到些夸奖话了。当面听到的夸奖话全是同学口中说出的，而老师们口中说出的夸奖话，则全是同学们转述给她听的。

她对那些转述半信半疑。

然而确实的，她的嗓音变得响亮了。她渐渐习惯于将一篇批判稿大声读得惊神泣鬼了，有一定经验了，知道应该将哪些句子读得铿锵有力，掷地有声了。

那是人心躁动不安的日子。几乎每一个人的心都在躁动之中加深着不安，如同动物本能地预感到将要发生大地震。似乎一切革命歌曲都失去了鼓舞的作用和影响，最后经常响彻校园的只是同一首歌了——《无产阶级文化大革命就是好》。歌词仅仅一句，不比歌名多一个字，也不比歌名少一个字。

陶姮最听不得的夸奖话是——"有老师说你的才能将来一定会超过陶老师！"

每次听到同学转述那样的夸奖话，陶老师双手被手铐铐着，并且被推搡着经过校园的情形立刻像电影片断一般浮现在她眼前。那时她即使高兴着，也会顿时高兴不起来了。

十四岁的这一个少女，内心里开始迷信因果报应。独自一人时，往往会想到"天谴"二字。这两个字是她从母亲口中听说的。母亲在家里诅咒那些不把她当人对待的家伙时，就说他们迟早会遭"天谴"。

"天谴"二字每每使陶姮陷入无边无际的恐惧。

虽然，由于她差不多快是"可以教育好的子女"之典型了，父母竟也沾光，有时候有点儿被当人看待了，但这也抵消不了她内心深处的那一种恐惧。

"十一"照例放了三天假。

以前和她暗中要好的同学中，只有那名写了文字证言的男生来找她玩过。另外几名同学，因为她有点儿像是学校里的"红人"了，觉得他们的同情和保护对她有些多余了，一个又一个主动疏远她了。而那名男生叫李辰刚——正是他后来追求过陶姐。

这使她很伤心。也很无奈。

李辰刚将她引到了河边，两人之间保持距离地呆坐了一会儿，谁也不敢看谁。

终于，她听到他小声说："我永远也不会出卖你的！"

她缓缓抬起头，鼓足勇气望向他；他却已经站了起来，头也不回地跑了……

到了10月中旬，某日从省城开来一辆小汽车，将陶姐一家接走了。

直至那时，她才觉得，恐惧将离自己远了。但"天谴"二字，却似乎仍黏着她。

在省城，他们一家三口被临时安排在招待所里。每天都有人来看她的父母，那时她便躲出房间去。

两天以后的一个晚上，父母一块儿从外回来。显然都喝了不少酒，半醉不醉的。

母亲说："女儿，'四人帮'粉碎了！"

她疑惑地望着母亲，不明白什么"四人帮"不"四人帮"的，头一次听说。

父亲说："'文化大革命'结束了。以后，咱们一家可以过正常生活了。"

她愣了片刻，小声问："不必再回风雷村接受改造了？"

父亲说："不必了。"

母亲说："真的！"

十四岁的少女，哇的一声大哭起来……

第 三 章

风雷村早已恢复了起先的村名，80 年代初就又叫尚仁村了。

小面包车一路停了几次，抱小孩儿的女人下去了，带上车两只公鸡的女人也下去了，一对显然是恋爱关系的青年刚刚下去。卖票的将收音机关了，车里安静了，陶姐和丈夫终于可以坐下了。

他俩的情绪都坏透了，你懒得跟我说话，我也懒得跟你说话。

买了一头小猪的男人却没下车，座位有空余了，装小猪的麻袋不必放在他膝上了，单独放在一个座位上了。小猪不再吱哇乱叫，只不过偶尔哼几声了。

小猪的主人问："你们从哪儿来？"

陶姐明知是在问他俩，却懒得回答。分明是出于礼貌，沃克回答了两个字——"美国"。当他要尽量使自己说的中国话清清楚楚时，发音反而就古怪了。

"梅果？有把果子当地名的地方吗？从没听说过，那是哪儿？"

瘦小黢黑的男人显然对沃克和陶姐产生了某种兴趣，刨根问底。

"梅果你都没听说过？"

沃克将身子一转，一副"友邦惊诧"的表情。

"梅果谁不知道啊，我还吃过呢！但就是没听说过有这么一个地方！在中国？还是在你的国家？"

那男人和丈夫之间的话，令陶姐烦透了。

她不但自己懒得开口说话，也听不得别人在旁边净说些可说可不说的话。那会儿，她真希望全世界都一下子静下来。

"不是吃的果子，那是我的国家！你不可能没听说过我的国家！梅、果！没听说过你们中国人就等于没活！"

沃克又犯了容易激动的毛病了。

"噢……明白了明白了。你是美国人，从美国来，对吧？……"

那男人恍然大悟，也不知他刚才是真没听明白，还是假装没听明白。

沃克这才将身子坐正，还长长出了一口气。如同老师终于向学生讲明白了一道什么难题，如释重负。

不料卖票的接着开口说话了："哎，这位美国人，你刚才最后那句话，我作为一个中国人，听着太不舒服了！怎么，就算有哪个中国人真没听说过美国，那也不等于我们全中国人都白活了呀！"

卖票的说得很不高兴。岂止不高兴，简直愤愤然了。

"你误会了……我，不是那个意思……我想说的是……生活……不，也不是……快活，不对不对，更不是……"

沃克语无伦次了。

陶姐终于开口道："他想说的是'搞活'。"

"这么说还行。那倒也是，中国都搞活三十年了，听说得最多的一个外国那就是你们美国，要不、要不可不白搞活了呗！"

卖票的那种缓和了的语气，听来是表示愤然消除了。陶姐正暗想，上帝啊，现在总该安静下来了！——坐在后排的那男人，却将手臂搭在前排的靠背上，嘴对着沃克的一只耳朵小声说："我不信你真耍流氓了……"

陶姐心底的火又腾地蹿起了老高，恨不得立刻站起来，转身抽对方一个大嘴巴子！尽管对方明明说的是"我不信"。

沃克却用自己的一只手拍拍对方的一只手，感激地说："谢谢！"

那男人以更小的声音说："那是几方面的人设下的一个圈套，专诓外地人上套儿。一说谁耍流氓了，谁都得马上点钞票嘛！怕丢脸嘛！以为你们美国人不怕丢脸，没想到你们更怕，一出手就给了一千元！真够大方的！他们这次可钓到了条大鱼！要是我们当地人的外来亲戚不小心上了他们的圈套，其实一百二百就能把事给了啦。他们虽然勾结成一伙了，但那也不敢轻易把我们当地人往急了惹。真把我们惹急了，揭他们个底儿朝上，那也没他们什么便宜占！"

沃克冲陶姐大光其火了："你给了他们一千元钱？你怎么可以那么做？为什么不征得我的同意？！你那么做不就是等于……"

陶姐大叫："都给我住口！"

车上这才顿时安静。即使在那种有些突然的安静之中，沃克却还是要据理力争地嘟囔："陶姐，你太不尊重我了！你太……"

司机也忍不住大声说："都少说两句！要和谐！美国人到了中国，那也得讲和谐！讲和谐那就是，有的事，不争论。过去了，干脆当成根本没发生过！"

沃克大吼："可是我不能！"

"不能？不能也得能！这是在我们中国，不是在你们美国。不能你想怎么样？"

司机的话，说得挖苦意味十足。

才不到半分钟的安静，就这么又被打破了。

"都给我住口！"

陶姮又喊叫起来。与此同时，面包车顺着路口朝左一拐，发出一阵刺耳的急刹车声，猛地停住了。她和她的丈夫，上身都不由自主向前一倾，也都同时用双手撑住了前排座位的靠背……

车里真的安静了下来，每一个人望向车前方的双眼都瞪大了。但那一种安静，和陶姮如出一辙的喊叫关系不大，而是由于车前方他们所看到的情形——廉价的小汽车、面包车、带斗的拖拉机，单人骑着的或双人骑着的摩托车以及几辆马车，横七竖八地堵满了并不宽阔的路面。估计有五六十辆，堵了一二百米……

然而，却没有喇叭声。就那么安安静静地一辆挨一辆堵着塞着。

"嘿，又赶上了！"

司机骂一句，跳下车，嘭地将车门一关。卖票的也下了车，司机掏出烟盒，递给了卖票的一支，卖票的则掏出打火机，二人吸起烟来。

沃克问："为什么没人按喇叭？"

陶姮装没听到，将脸朝车窗外一扭。

其实沃克也不是在问她，更没希望从她那儿获得回答。他是在问坐在后排的那个瘦小的男人，认为只有那个瘦小男人才能给他一个令他信服得无话可说的答案。

那瘦小的男人不但善于察言观色，也是极善于讨好的。他听出了沃克的话实际上是在问他，欠起身，将头探过前排座位的靠背，一位素质良好的导游似的人说："别急。两位都别急。再急也没用。堵着，都按喇叭也还是个堵。该通畅了，自然也就通畅了。生活中，不论碰到什么情况，都得有足够的耐心是不是？咱们中国人，从古至今，讲的就是这么一种修炼嘛！"

他的头，夹在陶妲与沃克的头之间。大概他在镇上的什么地方喝酒了，口中散发着酒气和胃气。两股不好的气味混杂在一起，更不好闻了。

陶妲嫌厌地将头往另一边偏，同时拉开了那边的小窗。而沃克则拉开车门下了车。对于他那一米八以上的大个子，这辆破旧肮脏的小面包车如同囚笼。他一站到地上，便开始前后左右扭动脖子，接着扭腰，抡胳膊踢腿，还做了几次下蹲运动。之后，他走到司机和卖票的跟前，搭讪着向他俩要烟。在美国，他已经戒烟很长一段时期了，但这会儿，他不但想吸烟，还想喝烈性酒，索性一醉方休。那俩男人，一时表现得诚惶诚恐。这个赶紧给他一支烟，那个赶紧将按着的打火机伸向他。廉价且劣质的烟，使沃克吸第一口后被呛得咳嗽起来，那俩男人就看着他笑。他想将烟扔了，却又不好意思扔。自从成为陶妲的丈夫，他早已心悦诚服地接受了这么一种礼貌原则——中国人给你的东西，凡是当着中国人的面儿入了口的，再不好吃、再不好喝、再使你觉得不对头，那你也得咽下去。如果当着人家的面儿吐了出来，等于扇了人家一个大嘴巴子。而若是你主动向人家讨要，人家又挺乐意地给了你的东西，哪怕你一接到手立刻发现原来是对你有害的东西，那也得背着人家的面儿偷偷扔掉。如果当着人家的面儿扔在了地上，遇到性格暴烈的中国人，很可能真扇你一个大嘴巴子。沃克之所以能够心悦诚服地接受这么一种礼貌原则，乃因依他想来，绝大多数人类都是很在乎"面子"问题的。

为了证明自己对那支烟是格外领情的，他又吸了几小口。烟一入口，立刻吐出，连说："顶！顶……"

"顶"是他从中国的互联网上学到的，也是他近来常喜欢说的一个汉字。他特喜欢"顶"字所包含的多意性，尤其喜欢"那咱们可是一伙的了"那么一种意思。

开车的和卖票的，以为他想说的是"冲"，笑过之后，走向前边看情况去了。沃克趁他俩一转身赶紧将烟扔了，跟在他俩后边也往前走。

前边并没发生车祸，是几名农民脸但穿工作服的汉子在伐路边的大树。已经伐倒了十几棵，正是那十几棵倒在路上的大树，使交通完全堵塞住了。有几个汉子还在伐，另几名汉子，手持大斧或小锯，处理倒树的枝枝丫丫。而从各种车上下来的男女老少，则围着看。有的抱着孩子看，有的背着背篓看，有的吸着烟嗑着瓜子看，有的相互勾肩搭背地看……如同都是在围观江湖人"耍把式"。

沃克通过与多个围观者交谈，才明白那些伐树的汉子是公路养护队的。他们要将被伐倒的大树锯成段，然后卖了。因为单位已经欠他们三个多月的工资了，而单位是将他们的工资"暂借"去为领导买车买房了。

"好不容易长这么粗这么高的树，说伐倒就给伐倒了，太可惜啦！怎么没人管管？"

"以后这一段路可就一点儿阴凉也没有了！"

"听他们说，他们负责给栽上小树。"

"没有十几年，小树能长到那么粗那么高吗？"

"不给发工资咋办？事情逼在我头上，也那么干！"

"是啊，逼的嘛！"

"扣发员工工资是违反劳动法的，可以告他们的领导嘛！"

"听他们讲，法院的人跟他们谈了，说案件太多，一年半以后才能轮到审理他们的起诉……"

"那也最好夜里伐嘛！把这么多车堵了一路，不合适！"

"夜里伐那不成偷偷摸摸的了吗？人家是明人不做暗事，偏要在光天化日这么干！而且偏要选今天这么个大集日来干！我要是他们，那也这么个干法！不干则已，干就得干出一番大响动来！"

围观者们，尤其围观者中的男人们，不管认识的不认识的，三三两两站一起，介绍情况，交流看法，议论纷纷。不高兴的固然有之，多数却表达着莫大的理解和同情。

突然，不知哪一辆车的收音机里，传出了吼唱之声：

大河向东流，
天上的星星参北斗哇。
说走咱就走，
你有我有全都有哇……

围观的男人们，似乎听到了暗号，转眼间几乎全都回到了各自的车内。而沃克站在各种车辆之间，大为困惑。明明道路还在堵着，这些个中国男人忽然一下子都回到自己开的车里干什么去呢？

他拦住一个男人问："又，发生，什么情况了？"

那男人学他的语调笑道："一休哥，休息，休息一会儿！"

而在沃克和陶姐坐的那辆面包车里，与猪崽同在的瘦小男人紧紧抓住机遇，在"大河"尚未开始"向东流"那会儿工夫里，他对陶姐进行了一步步的游说。他先问她要到风雷村去还什么心愿，这使敏感的陶姐暗自一惊。

她反问："你怎么知道我是要去还心愿？"

他一笑，慢条斯理地说："听你口音，看你样子，根本就不是从那个村走出去的人。风雷村现在又叫尚仁村了，这二三十年来，虽说也走出去了些混成人物的人，但地位最高的也不过就是有在北京当上什么处长的，有在省城当上什么副局长的，有做茶叶生意做出了点儿名堂的，却没有能在美国的大学里当教授的……"

陶姐又暗自一惊，不由得再问："你怎么知道我在美国的大学里当教授？"

他也又一笑，卖关子地说："你就当我能掐会算吧！我不但知道你是教授，还知道你的美国先生也是教授。你俩到尚仁村去，要解决些和当年尚仁村中学的陶老师有关的事对不对？"

陶姐不禁扭头瞪着他，吃惊得说不出话来。

"跟您开玩笑呢，我既不能掐，也不会算，才不信那套。当真人不说假话，我小姨子在镇上的派出所当警察，中午我去她那儿吃的饭，你先生的事是她讲给我听的……"

"那是一个卑鄙的圈套！"

陶姐又火了。她当然相信自己的丈夫肯定是清白无辜的。正因为相信这一点，心里的一股火才不知该向谁去发泄。

"是啊是啊，那当然是个圈套。可既然把您先生给套住了，那就得把假戏唱到底啊！要不，岂不白下套儿了？"

陶姐不禁第二次扭头瞪着他，又说不出话来。不是由于吃惊，而是被他那种和稀泥的话给气得。

"您也别这么瞪着我。我这人实诚，有什么说什么。既然你俩有愿要还，就得有个住处是不？我家住的村离尚仁村不远，才三里多地。希望你俩赏我个脸，能成为我家的贵客。我家去年盖起的新楼，保证让你俩住得处处方便。钱方面嘛，绝不会多收你们的……"

他说得还是那么的慢条斯理。

"休想！"

陶姐几乎是从牙缝里挤出了两个字。

"你也别偏不。又不是我设的圈套，你犯不着对我气呼呼的嘛！小愿即还，中愿必还，大愿近还。这是民间的讲究。你俩从美国回到中国来还愿，那肯定是大愿了。到什么地方去还大愿，不能直奔那个地方，更不能愿还没还成呢，倒先在那地方住下了。那不吉利，民间认为大不吉利。再者说了，你俩在尚仁村无亲无故的，进了村往谁家去呢？……"

陶姐不瞪着他，将头回正了。他那番关于吉利不吉利的话，竟多少对她起到了一些心理影响。她和丈夫起先打算，一到尚仁村，先打听陶老师家住哪儿，应该直奔而去。不管陶老师家的居住条件怎样，都应该首选住陶老师家，以证心诚。如果陶老师寿短，已不在世了，那就住在陶老师的儿女或亲戚家。她认为只有这样，才算心诚。现在看来，也许自己和丈夫都想得太天真了——万一不论是陶老师，还是陶老师的儿女或亲戚，一确信面前站的是她陶姐，结果如同仇人相见，咬牙切齿呢？

瘦小的男人又说："我还是要强调刚才的话，大愿近还，要不真不吉利。我住那个村正应了一个'近'字，这你得当成是咱们的一种缘分才对。要是往别处想，可就把我想歪了。我是诚心诚意的。就算也有所图吧，除了图能收你们夫妇一点儿钱，那还能图什么呢？"

这倒是一句实话，陶姐开始这么想了。

"我小姨子是镇上的警察，你俩住我家，有我小姨子罩着，不是许多事都会顺利点儿嘛，那少操多少心啊！"

陶姐不由得说："我考虑考虑。"

"如果你俩真住我家，我争取让我小姨子办办，也许能替你把那一千元要回来，那不等于替你先生刷洗清白恢复名誉了吗？"

"你贵姓？"

陶姐第三次回头看他。简直就不能不回头，像被一双手扭了她的头一下似的。目光里没有了排斥，语调也和气了。

"免贵姓王。"

那男人说着，一只手同时掏兜，掏出一张名片，恭恭敬敬双手相递。陶姐接过，低头一看，中间三个醒目的黑字印的是他的名字"王福至"。再细看上方的一行小字，原来是"你的愿望我帮你实现"。

"你究竟是干什么的？"

"上边不是写着嘛。谁碰到了什么难事，帮谁打听打听情况，疏通疏通门路，联系联系主事的人，费费嘴，跑跑腿，说情转礼，多少收点儿服务费，也就这么点儿能耐。不过呢，真为一些人摆平过几件头疼窝心的事。怎么样？一言为定？"

陶姐看着他，犹豫。

"你可别犹豫。你那一千元钱不是那么好往回要的。转眼我没耐心了，你后悔也晚了！"

他的话居然说得严肃起来。

陶姮点了一下头。像有人按着她的头，简直就不能不点一下似的。

此刻，外边的吼唱忽然响成了一片，歌词也变成了"该出手时就出手，风风火火闯九州"。那些回到了自己汽车里的男人，将各自车里的收音机全都调准在一个频道，并且全都开到了最大音量。几十辆汽车里传出的歌声，形成轰轰烈烈的同一首歌，如同是在为几名砍树的汉子鼓足干劲儿。

这辆面包车的两个主人回到了车上，沃克紧跟在他俩后边上了车。司机一上车，也开了收音机，也调频道。

卖票的冲他喊："别找台了！找到了也该唱完了！"

司机也喊着说："跟上一句也好！"——并且自己敞开嗓子唱了一句："该出手时就出手哇！"

沃克问王福至："怎么回事？为什么都挺高兴的？"

王福至大声说："中国人现在可爱唱歌了，一听就想跟着唱！一唱就高兴！中国人与时俱进啦！"

"他们砍那些树，我心疼！造成了这么久的堵塞，我不高兴！"——沃克皱起了眉。

卖票的大声插了一句："车上说说行啊，在下边可别乱说，小心挨揍！"

在一片"嘿呀咿儿呀"的吼唱声中，面包车上四个男人的话都得喊着说。陶姮的脑仁儿都被吵疼了，捂上了双耳。

"亲爱的听众朋友，这一期'我最喜爱的歌曲节目'到此结束了，咱们又该说再见了……"

甜润的女广播员的声音，由几十辆汽车的收音机以最大音量播出，如同观音菩萨从天穹向下界说出的话，尽管听来还是甜润的，但却具有回响于天地之间的共鸣似的。

接下来，那一段严重堵塞的公路又安静了。一些个男人们，又都离开了他们的汽车，一个个穿行于汽车与汽车之间，迂回地又朝前方聚集。

忽然，他们全都朝前方跑。

"出事了！"——卖票的跳下了车。

"不出事才怪！"——司机也跳下了车。

"你待在车里别下来！"——沃克叮嘱陶姐一句紧跟着下了车。

王福至对陶姐说："你替我照看一下猪崽啊！"——说罢，仿佛前方有人在撒钱似的，跳下车就往前方跑。

片刻之间，车上只剩下了陶姐一人。她掏出王福至的名片又看，见背面还印着三行字：

收人钱物，替人消灾。

说到做到，诚信第一。

为社会和谐，有一分热，发一分光！

她有点儿怀疑自己是不是点头点早了。但转而一想，那王福至的话，说得也不是完全没有道理——直接去往尚仁村，确乎是不太明智的……

前方的情况复杂了。

一辆黑色的半新不旧的"奥迪"相向驶来，自然也被堵住了。

在前方的公路上，岔出一条土路。大多数相向驶来的车辆都拐上了那一条土路。即使一时开快了，过了那一条土路路口的车辆，司机在别人的指点下，也只有将车倒退几十米，再拐到那条土路上去。所以在横七竖八地倒着许多大树的路面的那一边，并没形成车辆堵塞的情况。而被堵在这一边的车辆，因为后边的司机们根本没有想到此处堵塞，越堵越多，连倒车也倒不回去了。

偏偏"奥迪"里坐的是非一般人，是省城的一位局长和县城的一位副县长。二人都喝得半醉不醉的，并坐在后排眯着。车一停，才都睁开了眼。

局长对司机说："下去，让他们把树挪开！"那车是局长的专车，司机也是专职司机，一个二十五六岁的小伙子，复员兵。

小伙子就立刻下了车，要求几名伐树的汉子赶快把树挪开。那几名汉子已不伐树了，分成几组在锯树了。小伙子嚷了半天，汉子们不理他。小伙子又指着车牌对他们说："看清楚了，这可是省城的车，车上坐的可是省城的领导干部！"这时才有一个汉子放开了锯把，走到小伙子跟前，拍拍小伙子的肩，指指那条土路，接着朝土路路口挥手。小伙子回头看看，只得又上了车，朝后倒车。

局长不高兴了，斥问小伙子："你倒车干什么？"

小伙子说："有跟他们费嘴皮子那工夫，还不早在土路上开着了？"

"拐上那条土路，得多绕六七里地才能再上公路！"——局长更不高兴了。

小伙子却说："那也没辙啊！我脚下多给几次油，耽误那几分钟就找回来了。"

局长火了，喝道："是你听我的，还是我听你的?！"

小伙子便又将车刹住，呆望着那几名正在锯树的汉子，不知如何是好。

副县长这时觉得脸上太挂不住了，毕竟是在自己管辖的地盘以内啊！他一开车门下了车，脚步虚浮地走到了那几名汉子跟前，首先声明自己是本县副县长，接着声色俱厉地告知那几名汉子，车内坐的是省里的领导，命令他们必须在几分钟内将树搬开。

为首的一名汉子，就是刚才拍过局长司机肩的那名汉子，指着堵塞一片的车辆说："就是我们把树搬开了，领导的车也还是开不过去啊！"

看来，他不是不相信车里坐的是省城的领导，也不是不相信站在跟前的是本县的一位副县长。而是希望副县长现实一点儿，最好还是让司机将车倒回去。

副县长也火了，指着那汉子的脸吼："是我说了算，还是你说了算?！快搬快搬！其他事用不着你们管！"

他跨过一截截树干，走到了堵塞着的车辆之间。在跨过树干时，还不小心绊了一跤。

"你们，都听我指挥！都回到自己车里去！能把车往路边靠的，尽量靠路边！能往回倒的，先给我把车倒回去！一会儿路面清理出来了，谁也不许争着往前开！谁的车跟省城领导的车抢占路面，我对谁不客气！最后边那几辆车谁的？谁的?！立刻给我往回倒！"

副县长话一说完，猛转身往回便走。大概他以为，在他转身之际，已有人回到了最后那几辆车里，已有车辆开始往后倒了。自己一位副县长亲自指挥解决交通堵塞问题，谁还能不服从呢？

然而他想的大错特错了。根本没有任何一个男人往自己的车那儿移动。他们都望着他的背影笑。有的独自笑，有的互相交换着开心的眼神儿笑。他们也都不怀疑对他们颐指气使的确实是位副县长。真是副县长还是冒牌的副县长，他们认真看对方一眼，注意听对方说几句话，便可以得出八九不离十的结论了。中国百姓，尤其长久生活在县界内的百姓，在判断一个人是"县官"或不是"县官"方面，经验是特别丰富的。"领导干部"，走到哪儿，那都是带着"气场"的，就像气功师们走到哪儿都自称是带着"气场"的。但气功师们所言，往往是自我吹嘘。中国的一些"领导干部"们，即使自己不言，那"气场"也是客观存在的。并且，往往越是半大不小的官，所发散的"气场"越显然。小百姓们正是凭了那"气场"的有无，才能判断无误。

但也正因为都不怀疑那位副县长的身份，所以才都巴望着看他的笑话。他们被堵在公路的这一边不急也不气，正是希望能够亲眼看到堵塞出一件什么不寻常的事情来，最好是一件足以使某些大小干部们束手无策、气急败坏的事件。否则，岂不白白被堵住了？他们大多数是农民，或虽改行了一心发达起来却怎么也发达不起来的农民。他们觉得自己哪方面都差着许许多多就是一点儿也不差时间。在离各自的村子不远的路上被堵了一两个钟头，对他们不会造成任何实际的损失，所以不在乎。倘还有笑话可看，而笑话又发生在一位半醉不醉的副县长身上，反而认为被堵得很值。起码，今天及今天以后的几天里，有了一种说起来有意思的谈资了。

然而副县长却并未意识到自己已成一场笑话的主角了。相反，那一时刻他觉得他浑身又发散着身为干部的强大"气场"，而那"气场"是有威慑作用的，发散那样的"气场"也是极良好的一种感觉。

他一转身看到的情形使他火冒三丈——几名伐树的汉子非但没开始搬树，竟都坐在树段上歇着了，有的还优哉游哉吸起烟来。

"嗨，你们！都聋啦？瞎啦？因为我对你们太客气了是不是？敬酒不吃要吃罚酒是不是？！"

他呵斥着，不小心又被树段绊倒了。

为首的汉子扔了烟，起身走过去扶起他，向他汇报他们由于单位已经欠发了三个多月工资所面临的大烦恼，以及他们的诉求。

"滚你妈的！干部各管一段，你们那些屁事老子才不管！"

终究是有几分醉了，副县长失态了，开始骂骂咧咧的了。

"滚你的！"——为首的汉子也大光其火了，不但回骂了一句，还表示轻蔑地往地上啐了一口。

副县长甩手给了那汉子一耳光。那汉子当胸一掌，将副县长推了个四仰八叉。

隔着些树干，路这一边看笑话的男人中发出几声喝彩。就像在早年间的戏院里那样，是不约而同的一个字："好！"

举着照相机的沃克，刚拍完路那边，迅速将镜头对准了路这边，不但拍喝彩的男人们，还拍女人和半大孩子们，因为他觉得比之于喝彩的男人们，女人和孩子们的笑，更接近于纯粹的看笑话时的笑，并不掺杂幸灾乐祸的成分；笑得更灿然，更开心。

"沃克！"——陶姐喊了丈夫一声。她感到他作为自己的丈夫，尤其是美国丈夫，在这么一种情况之下跑前跑后地进行拍摄，其动机无论如何不能说是对中国友好的。

丈夫却只顾改变着姿势拍摄，显然没听到她的喊声。

她看到那副县长一爬起来，双手已握着一根胳膊粗的树杈了。他瞪着那将他推倒的汉子，高高举起了树杈。树杈在空中的一端，有个碗口大的树瘤。那要是一家伙砸在谁头上，如果还用足了力气，被砸的人非落个脑浆迸溅的下场不可。她也下了车，也往前走，欲拖开丈夫。

另外几名汉子，立即抄起大斧、手锯、树杈或抬杠什么的，呼啦一下将副县长围住了。看那架势，只要副县长手中的树杈敢往下落，他们非将他打成一摊肉酱不可。副县长手中的树杈自是未敢轻易往下落的，他就那么一动不动地高举着树杈，与双手叉腰的汉子僵持着。

"要文斗不要武斗！"

陶妲忍不住又喊了一句。她觉得自己所看到的情形正是所谓"一触即发"，必须有个人喊句什么话加以制止。话一出口，她呆住了，因为自己喊出的是一句"文革"时期的经典口号。"文革"都结束三十多年了，我怎么会喊出这么一句话？——她对自己百思不得其解了。忽而又恍然大悟了——自己眼前所见，正是小时候司空见惯的武斗情形啊！条件反射嘛！她不好意思地环顾左右，见些个男人女人和半大孩子也在看着她笑。

一个三十来岁的女人对另一个三十来岁的女人说："听人家那话喊得多有文化，像咱们这种没什么文化的女人，一辈子也喊不出那么有文化的话！"

另一个三十来岁的女人，就用手指戳着一个站在身旁的少年的额角大加训斥："听到那阿姨刚才怎么喊得没有？会那么喊就证明有文化！你现在不好好学习，也一辈子喊不出那么有文化的话！"

两个女人站在陶姐斜对面，离她只有四五步远。她们的话声不大也不小，刚好使她可以听清楚。而显然，她们正是要让她听到的。她们说时，还都望着她微笑，笑出一种由衷的、对文化的敬意。那个少年，也目不转睛地望着她，不笑。非但不笑，且一脸庄严，仿佛是在望着一尊文化神，心里虽没什么敬意，却也不敢生出什么不敬，于是只有伪装出庄严。

陶姐便惭愧极了。

她不愿在这种情况之下引起任何人的注意，即使是有敬意的注意。为了掩饰自己的惭愧，她又用目光寻找丈夫；发现不知怎么一来，丈夫竟置身于副县长和那双手叉腰的汉子之间了。他伸展着双臂，像要开始做操。如果穿着教袍，胸前挂着的不是照相机而是十字架，那么也会像一位神父。

"沃克！"

她的喊声里不无愤怒了！听来更像是在喊一条挣脱了狗链四处乱窜就要惹出麻烦的狗。

这一次，丈夫听到了她的喊声，但也只不过扭头看了她一眼，旋即又看着近在咫尺的那位副县长了，而对方手中那粗树杈上的大树瘤几乎已碰着他的头了。

"没事的，当戏看好了。闹到这份儿上，就快结束了。我们这地方的人，尽瞎咋呼。别担心，哪一方也不敢动真的……"

卖票的不知何时出现在陶姐身边，二指夹烟，低声相劝。之后眯起双眼，深吸了一大口烟。

然而他太自以为是了。

他那口烟刚吐出来，从"奥迪"里踏下了那一位省城的局长，双手平端着猎枪，而且是双筒的。

他的司机又下车了，在他身后一个劲儿说："局长，局长您冷静点儿！您现在这是还醉着，千万别冲动！"

那小伙子怕枪走火伤着自己，不敢往局长正面或左右靠近，而是站在局长身后一步远的地方。一副唯唯诺诺又不得已的样子。

枪声响过之后，路这边路那边一阵寂静。几乎所有人的目光全都盯在那位局长一个人身上了。

局长终于将一颗子弹成功地补充进枪筒里。一做完这件事，他顿时来了精神，猛一转身，枪口对着他的司机厉喝："滚开！离我远点儿，要不我先崩了你！"

小伙子吓得抱头鼠窜，跑到一棵大树那儿，猫在树后连头都不敢露一下了。

局长又猛一转身，冲着人们就骂开了。他仗着手中有枪，骂得那叫痛快！

只要他的枪口朝向哪个方向，聚在那个方向的人们立即四散。大多数赶紧蹲下，猫在车辆后边。还有的，干脆躲上车去了。女人和孩子，首先由她们的男人护着上了各自的车。没人喝彩了。也没人笑了。事情发展到这一步，看来太超出一般人的想象了，显然这并不怎么可笑了。连那几名伐树汉子在被枪口指向着的时候，也纷纷丢下手中家伙，张皇失措地四处躲藏唯恐不及了。转眼，在树段和树杈和树枝之间，只剩下了两名干部。此时情形仿佛变成了这样——倒像是造成堵塞的首先是人，其次才是树段。树段是那两个人放倒的，其中一个还握着双筒猎枪。他俩在光天化日之下干起了拦路劫匪的勾当，而其他一切人，全都慑于他俩的匪威，不敢有任何贸然举动，只能忐忑不安地四处躲避着随时会从双筒猎枪射出的子弹……

沃克终于来到了陶姐身旁，对她说："怎么会搞成这样？"

陶姐瞪了他一眼，将脸一转，不愿再理他。

"是啊，搞成这样，就太不好玩了。"

陶姐循声望去，见那辆面包车的司机，不知何时从离她最近的一辆手扶拖拉机的拖斗后冒了出来。

沃克也看到了他，大声对他说："从一开始，就不好玩！总得有人出面来解决，大家不能，只看着！"

司机白了沃克一眼，抢白道："说得轻巧，吃根灯草！怎么解决？你出面？"

沃克跃跃欲试地说："那得大多数人同意我出面！"

陶姐忍不住呵斥他："你敢！"

他耸耸肩，反问陶姐："这件事和灯草有什么关系？灯草怎么吃？"

陶姐就又将脸一扭不理他了。

而司机却嘟囔："你个美国佬，根本不了解中国国情，还总想瞎掺和！"

那位局长大概是由于酒后劲儿上来了，站不稳了，晃晃悠悠地走向一段树干，缓缓坐下去了。坐下后，将手中的猎枪靠着树干一放。刚放下，一口口大吐起来。

而那位副县长则在打手机，对着手机吆五喝六地嚷嚷了一通，这才关注起局长来。他走到局长身边，也坐下，一条手臂搂着局长，对局长小声说什么。忽然局长放声大哭，而副县长的一只手，不停地在他后背抚着，拍着。

因为猎枪离了他的手，人们的神色不那么紧张了。并且，被骂着也都不生气，又开始笑起两名领导干部来。有的人，甚至开始以同情的目光望着他俩了。

"唉，怎么都醉成这样！"

"带着猎枪，肯定是进山打野物去了。"

"刚才副县长给县里打手机了，我听得很清楚，最多半个小时，县里就会有人来解决问题，都耐心等着吧！"

"对对，我也听到了！闹到这份儿上，可不非得县里派人来才能解决嘛！"

陶姐眼望着两位喝高了的领导干部，耳听着人们的议论，竟也对他俩心生出几分同情来。别人脸上的笑，是她内心里那种同情的缘起。这时，她也不急了，反倒只想耐心地等着，单要看眼前之事究竟会是种什么结果了。

情况又突变了——那几名伐树的汉子中有一人，又是为首的那名汉子，此时不知怎么非要证明勇敢；他从一棵树后纵身而现，迅速地跃向两位干部。众人看得分明，他企图夺取猎枪……

人们中不知谁喊道："那带照相机的老外还不快拍！这么好的机会哪儿找去！"

其实不用有人提醒，沃克已然举起了相机。

正应了那句评书里动辄形容的话："说时迟，那时快！"——眼见那汉子再跃那么两三跃就会将猎枪夺取在手，却不幸被发现了。局长还在一把鼻涕一把泪地往所坐的树段上抹着，副县长却手疾眼快地将猎枪抄了起来。待那汉子跃到了二人跟前，猎枪枪筒也几乎顶着他的肚子了。汉子愣了愣，双手握住枪筒用力一拽，将坐着的副县长连枪带人拽了起来。汉子用的劲儿真够大的，居然将猎枪倒着夺在了自己手里……

砰！

同时枪也响了……

副县长挓挲着双手，动作很僵地往下一坐；没坐在树段上，一屁股坐在了地上。已然坐在了地上，仍挓挲着双手，呆瞪着汉子……

双手握着猎枪枪筒的汉子，一动不动地叉腿而立，低头看自己肚子。他那双手确实不愧是一双劳动者的手，就那么握着枪筒，竟将猎枪持得水平。而在众人的眼看来，双筒猎枪如同上了刺刀，刺刀完全捅进他肚子里去了……

枪声响后，又是一阵寂静。在寂静中，那汉子仍低头看自己肚子，双手也仍握着猎枪枪筒，一步步倒退。更准确地说，是一步步缓慢往后蹭……

陶姃连他的鞋底儿摩擦路面的声音都听到了。

啪嗒！——猎枪掉在地上。

汉子渐渐弯下了腰，越退腰弯得越低，最后几乎是半蹲着连退数步，双手捂肚子斜倒下了……

陶姃听到他口中发出一种长长的声音，显然是呻吟，却又类似叹息，还有点儿像是什么充气的东西撒气了。

一个男人小声说："他中弹了。"

一个女人大声说："那人被枪打了，你们这些大男人，别净看热闹，不能见死不救哇！"

人们骚动起来。

终于有一个女人跑过去，将猎枪捡了起来，举着喊："枪在我手了，安全啦！该过来帮忙的，快过来呀！"

于是又有一个男人跑过去，蹲下看那汉子，并喊："他在流血，得赶紧把他送医院！"

更多的男人跑过去，齐心协力将那些树段抬到路边去；又跑过去一些女人，往路边抱树枝……

四个男人，两两一组，将局长和副县长架起，从左右两边塞到"奥迪"车里去了。车门刚一关上，那车立刻朝后倒，一直倒至岔路口，拐上土路绝尘而去……

"哎哎哎，看，看，他俩溜了！"

拿着枪的女人说："没关系，大家都是证人，证据在我这儿！"

一个男人立刻提醒她："举着举着，别手端，枪口要朝天！"

而另一个男人从那女人手中夺去枪，很内行地退出了另一颗子弹。

又有个女人喊："枪和子弹要分开！不能在一个人手里。更不能在一个男人手里！"

于是另一个男人将枪夺过去了。

"现在都听我指挥！谁愿意出车把他送医院去？"

"你也有车，为什么不出你的车？"

"那……出我的车就出我的车，但得有人跟着帮忙……"

"我。"

"还有我！"

"人够了！你俩坐他车上，我开车跟着……"

"我在医院有熟人，也开车跟着……"

在几个男人的指挥下，堵塞的车一辆接一辆向前行驶，路的中央很快让空了一条过道；那时受伤的汉子已被弄上了一辆车，帮忙的人也坐上了那辆车。三辆新的或旧的廉价私家车在前边掉转车头，经过让空的过道，转眼一拐不见了。

陶姐将手中树枝放在路边，站在路边一时发起呆来。她想不明白，人们怎么忽然又都变得那么仁义，那么礼让，那么配合别人？

"早这样，后边的事，不是就不会发生了？"——沃克也将一些树枝放在了路边，不以为然地嘟囔了两句。

陶姐听到，看着他说："沃克，你过来。"

沃克也帮着搬树段，他拍拍衣服，将吊在肩上的相机又挂在脖子上，走到陶姐跟前，大惑不解地耸耸肩。

陶姐冷冷地问："你刚才拍起照来没完没了地干什么？"

沃克说："我喜欢拍照啊，这你知道的。"

陶姐愤怒地说："浑蛋！"

沃克瞪着她愣住了。

"喜欢照回你们美国照去！这是在我们中国，刚才发生冲突的是我同胞，为什么制止了你几次你不理我？你嫌给我惹的麻烦不够啊？！"

由于被堵塞的时间太久，陶姐心烦得快要发疯了，失态地大喊大叫。

"哎哎哎，女人当众骂老公可不对！消消气儿消消气儿……"

"别跟你老婆一般见识，咱们男子汉大丈夫，该忍就得忍！"

开车的和卖票的及时出现，分别将陶姐和沃克劝上了车。

王福至已经等在车上了，他愁眉苦脸地说他买的猪崽拱开麻袋，不知跑哪儿去了。

开车的和卖票的以及陶姐夫妇，四个人都没理睬他。

面包车又往前开了二十几分钟，停在一个大村村口。卖票的回头对陶姐说："这就是以前的风雷村，现在的尚仁村了，你和你先生该下车了。"

陶姐心头一热，却不动声色地说："我们决定住在这位姓王的老乡家了。"

沃克惊讶地看着她，张了张嘴，没说出话来。等车继续往前开，他才小声问王福至："你家厕所怎么样？"

王福至由于丢了猪崽，一脸不开心，敷衍道："起码够大，估计你们美国人家也没有那么大的厕所。"

沃克就又惊讶得说不出话来。

开车的有点儿心理不平衡地对卖票的说："你看人家多会揽生意，学学！"

第 四 章

　　王福至没骗陶姐，他的家确实是新盖的二层楼，总共五六间可以住人的房间。砖墙围成的院子也不小，有竹、花和两棵石榴树。枝间的石榴已红，大个的已裂开了，暴露着珍珠般的榴籽。在王福至的引导下，陶姐和沃克楼下楼上参观了一番，都觉处处还算干净。王福至说他家暂时就他自己住。他无儿无女，媳妇在京城一位高干家当用人，已当多年了。不想再当下去，可高干一家离不开她，求她再当几年，还给她加了薪。这么说时，显出光荣的样子。

　　"你们住我这儿，多清静啊，是不？"

　　陶姐听着他的话，眼望着枝间的石榴，若有所思。"眉欺杨柳叶，裙妒石榴花。"她忽然想到了这么两句诗。当年留美时，她正是这么一个喜欢穿花裙子的中国"美眉"，沃克终于获得她的芳心，那是大动了一番智慧，颇下了一番功夫的。而现在，女儿夭折了，美国的医生断言她最多也只能再活半年了。她内心不禁涌动起伤感的波澜，还有不可名状也难与人言的恐惧。"天谴"——这两个在她十四岁时狠狠地折磨过她的字，在她已经四十八岁的现在，又开始威吓她了。

她不由得打了个寒战。

沃克看在眼里，将王福至扯到一旁，对他耳语了几句。王福至就转身进楼去了，不一会儿拿着一件女外衣出来，递向陶姐。

"我老婆带回来的，还没穿过。乡下的傍晚是有点儿凉，披上吧。"

陶姐接过披了，对王福至报以一笑。她认为，自己在车上的决定是英明的：王福至这个人，也基本上是靠得住的。

王福至看出陶姐颇为满意，为了加深她对他的好印象，又恭敬地说："乡下人家那就是乡下人家，当然没法儿与大城市里的高级宾馆相比。但就乡下人家和乡下人家比，我这儿算是够星级的了。您看，您还有什么要求，只管提出来，凡我能实现的，一定照您的吩咐做到。"

陶姐小声说："问问他。"

王福至便将脸转向了沃克。

沃克也小声对他说："一切全都由她决定，我什么另外的要求也没有。我的当务之急是上厕所。"

王福至朝院子一侧的一扇简陋木板门一指，沃克将照相机交他拎着，三步并作两步，急不可待地走将过去。那是一长排低矮无窗的砖房的门，那排砖房有十来米长。

沃克推开门，一只刚刚迈入的脚立刻又缩回了，扭头望着王福至大声说："这不是厕所。"

王福至笑道："那就是厕所。在我们乡下，厕所都是和猪圈在一块儿的。"

沃克犹犹豫豫的，终究还是义无反顾地进去了。圈里共分隔成六个猪栏，一眼看去，却都是空的。而所谓茅坑，只不过是搭在粪池上的两块板儿。这美国佬从没上过这样的厕所，见一块板儿有些朽，心里就很忐忑，怕那块板儿禁不住自己的体重。

王福至却在外边大声说："放心，两块板儿结实着呢，都是榆木的，禁得住你！"

偏偏沃克又是要解大便，总不能因为从没上过这样的厕所就不蹲下。他将双脚小心翼翼地踏在两块板儿上，才一蹲下，猛听一声咆哮，有一怪兽，从一个猪栏里呼地跃起，向他龇出一口白森森的利齿。怪兽的头，被雄狮般的鬃毛围拢着，两只大前爪搭在栏墙，一蹿一蹿的，将拴它的铁链挣得哗啦哗啦响。

沃克那一惊非同小可，不说是被吓得魂飞魄散，也可以说是面无人色。他提上裤子，慌里慌张地逃出了厕所。

而那怪兽的咆哮，也早已惊动了院子里的王福至和陶妲。沃克刚一逃出厕所，王福至随之进入了厕所。

沃克对陶妲说："幸亏我和它隔着一间猪的宿舍，要不然它的大嘴咬着我的头了！"

陶妲说："我听那叫声像条狗。无非是条很大的狗罢了。"

沃克说："不像狗。我从没见过这么可怕的狗！"

陶妲说："不跟你争。不是狗又会是什么呢？"

二人说话间，王福至将一条称得上巨大的长毛黑狗牵出了厕所。那大黑狗冲着沃克仍狂吠不已，吓得陶妲赶紧往沃克身后躲，而沃克则护着她退得远远的。王福至使出了好大的劲儿，才算将它拖往后院去了。

陶姐抚着心口，强自镇定地说："是条狗吧？"

沃克奇怪地问："为什么它那样子，只想咬我，却不想咬你？"

陶姐说："大概它从没见过外国人吧。"

片刻，王福至回到前院来了。他说那是一条藏獒，主人是镇派出所的所长，将那藏獒从小养大。怕它伤人，经由他小姨子的介绍，寄养在他这儿了。他一个劲儿向沃克道歉，说因为自己心里一直想着他买的那头小猪而郁闷，忘了猪栏里拴着藏獒了。说自己已将那狗拴牢在后院的大树上了，就当它不存在好了。

陶姐理解地说没什么，谁还没有一时疏忽的时候呢？哪户农家又没养过狗呢？

王福至又说，和村里其他人家的厕所比起来，自己家的厕所真是够卫生的了。第一，那猪圈也是新盖的，前边墙用的全是新砖。第二，自打那猪圈盖起来，其实还没养过猪呢。第三，通风好，为了减少苍蝇，自己还经常往茅坑四周撒石灰……

沃克说他对上那样的厕所肯定也是会习惯的，只不过他对其中一块踏脚板的结实程度，与王福至的看法分歧太大了。王福至就不再说什么，转身进入了猪圈对面的仓房，片刻扛着两块木板出来，接着进了猪圈。片刻，从猪圈里出来，对沃克说："我把那两块板儿也垫上了，现在你可以放心大胆地上厕所了。"

望着丈夫第二次走入厕所的高大背影，陶姐暗暗地感激起那条可怕的藏獒来。她因为不但当众跟丈夫吵，居然还打了丈夫一耳光后悔莫及。要不是那条藏獒对丈夫大发其威，为自己和丈夫说话做了仿佛自然而然的铺垫，那自己还真是难以轻轻松松地就消除了和丈夫之间的不快呢。

她正这么想着，王福至凑近她小声说："既然您先生说一切由您决定，趁他不在跟前，我得斗胆问上一句，你们是各睡各的，还是俩人睡一间屋也行？"

　　陶姮被问得一愣。

　　王福至笑道："我没别的意思。我虽然是个粗人，可外国的事，多少还是知道些的。在外国，你们有身份的人家，不是讲究夫妻各有各的睡房吗？"

　　陶姮也笑了。说她和丈夫在美国只不过算是中产阶级人士，都算不上什么有身份的人。在美国他们自己家里，夫妻二人也一向睡同一个房间。除了谁要加班工作，从没分开睡过。还说，不论对她或她丈夫，都不必客气地"您、您"相称，越随便越好。路上相互之间都挺随便的，怎么住到你家了，反倒"您、您"的了呢？

　　王福至感动地说，有您这句话，那我就一点儿也没压力了，我家里是头一回接待外宾，生怕有什么地方照顾不周。这样吧，我再给您俩收拾出一间睡房，备在那儿。客厅也归您俩用，我没什么事不上二楼影响您俩……

　　陶姮批评道："你怎么非'您、您'的，改不过来了？"

　　王福至不好意思地笑了，连说："改得过来改得过来……"

　　想不到王福至家还安装了太阳能热水器。陶姮和丈夫洗罢热水澡，石榴树下已摆着一张小桌子，从桌上的茶壶嘴飘散出淡淡的芳香气息。王福至说那是用从自家的一亩茶秧上采下的新茶沏的，绝对是"绿色"的。

　　陶姮就不解了，问怎么才算是"自家"的茶秧？怎么又不算是？

土地不是归农民所有了吗？

王福至说，那是。但茶秧也是要施肥的，不施肥照样长不壮。从施化肥的茶秧上采下的茶卖到市场去，施农家肥的茶秧上采下的茶留着自己家的人沏茶喝，或招待客人。化肥也容易被茶叶吸收，经常喝那样的茶水，不但对身体没什么益处，反而是有害的。如今的农民，这点儿科学知识也是懂得的了。不仅茶叶，蔬菜啦，粮食啦，瓜果啦，凡施农家肥的，都是留着自己吃的，所以习惯上叫"自家"的。不过南方农民的土地毕竟不多，不可能留太多"自家"的。而他家居然留出一亩地来专栽施农家肥的茶秧，也是因为总得有点儿好东西值当送人……

沃克想了想，天真地问：从市场上买茶叶喝的中国人，不是就大受化肥的危害了吗？

王福至理直气壮地说，那我们农民可就管不了那么多了！反正从市场上买茶叶的大部分是城里人。现在城乡差别更大了，城里人替我们农民着想过什么啦？近水楼台先得月嘛，我们农民也只剩下了吃自家栽种的东西这么一点点可怜的优越了……

陶妲说，这一条优越，那可太重要了！

沃克却又"友邦惊诧"起来：你刚才说"近水楼台先得月"？这可是一句诗！

王福至顿时矜持起来，说诗句我会背的可不少！"五月榴花似火红，枝间每见榴籽开"，这不也是一句诗？但是哪个古人的诗我忘了。毕竟我也是读完了高中的人！

于是陶妲和沃克一时都对他刮目相看。王福至却特别地识趣，不再说诗，请他俩慢慢用茶，耐心等待，说他很快就会做好饭……

他离开后，沃克问陶姐："他给咱们沏的，肯定是自家的茶？"

陶姐嘘道："渴你就喝，不渴别喝，少说些没意思的话。"

更令夫妻二人没想到的是，王福至还是个好厨师。他做的一小桌农家菜很合他俩的胃口。豆角炖山药、腊肉炒青椒、清拌地瓜秧之类的菜，获得了夫妻二人一致的青睐。

饭罢，王福至擦净桌子，吸着一支烟，党支部书记主持支部会似的说："同志们，现在开始商讨商讨你们的问题吧！"

夫妻二人闻他此言，一时你看我，我看你。

沃克困惑地反问："我们的问题？我们有什么问题？"

王福至说："你们怎么又没问题了呢？忘了？我在车上承诺的，争取帮你们把那一千元要回来。"

陶姐说："对，你是这么承诺过的。你自己不提，我倒忘了。"

王福至说："以我的能力，估计要回来也不是多难的事。"

沃克又生起气来，大声说："那就证明他们明知他们做错了，心虚。不但应该退还钱，还应该赔礼道歉！"

王福至默默看他一会儿，高瞻远瞩地说："我还是那句话，把钱要回来不是多么难的事。但是要使他们认错，想都别想，我也绝没那么大能耐。"

沃克就嘟囔："他们不认错，我怎么证明我清白？"

陶姐说："他还有话没说完，你先听他把话说完。"

王福至吞云吐雾一口，接着说："沃克先生，我一路都在暗中观察你，相信你是一位美国的正人君子。也丝毫都不怀疑，他们明明用的是一种惯技。但是呢，那种事摊在谁身上了，谁就得想开点儿。您二位一还完愿，还不启程回美国了？何必非在中国认这份儿真呢？

要回钱，起码心里的别扭减轻不少吧？"

沃克便不作声了，而陶姐同意地点了下头。

王福至胸有成竹地说，要钱的事该这么办这么办这么办。沃克就只听着，再不开口了。有时明显是反对的，忍着不说。像个本不懂事开始学着懂事的孩子，只将询问的目光望向陶姐。陶姐一看他，他就拿起杯子喝茶。听着王福至头头是道地说。陶姐偶尔也摇一下头。她一摇头，王福至就低下头去了。而他一低下头去，陶姐就小声说："你觉得那么办更有把握，那就按你的想法办吧。"

最终，等于夫妻二人同意，一切全按王福至的想法办。

当夫妻二人躺在床上后，陶姐又正式向丈夫认了一番错，沃克也表示彻底原谅了她……

第二天白天，他俩除了在村里四处走走，再哪儿也没去。沃克对那条藏獒发生了强烈的兴趣，费尽心机讨好之，还为那狗拍了不少照。有王福至从旁管束着、训喝着，那狗对他不再凶相毕露了。

又到晚上，从镇里开入村里两辆车。打头的是警车，后边是"广本"。

王福至正和陶姐夫妻在院子里说话，无非是他叮嘱他俩几条"注意事项"。他耳尖，忽然说："来了！"——抬脚便往外走。走到院门口又站住，再转身走回陶姐跟前，将她扯到一旁，压低声音不放心地说："你看你先生那样儿，一脸不高兴！你千万要求要求他，凡事得顾全大局，和为贵。别戗着来，那还不把好端端的事给搞砸了！"

陶姐点头道："你放心吧，他不至于非戗着来的。"

王福至这才走出院去。

陶妲转脸问丈夫："听到了？"

沃克没好气地说："不就是叫我要高兴吗？你真的高兴吗？那件事，怎么就一下子变成件好端端的事了？"

陶妲无声地叹口气说："难道我还不清楚你是被陷害了吗？但是你也不要挑他的字眼，更不要钻牛角尖儿。他不也是好心好意吗？中国有中国的国情，你入乡随俗吧！"

这时，门外响起了停车声、车门开关声以及王福至热情洋溢的迎客声。陶妲和沃克，就都将目光望着院门了。

沃克问："我和你，也要出去笑脸相迎吗？"

陶妲明知他说的是恼火的话，一皱眉，瞪了他一眼。

院门一开，王福至侧身请人进来。进来一个男人，又进来一个男人，总共进来了四个男人一个女人，皆着便装。那女人三十二三岁，高挑身材，瓜子脸，漂亮，称得上美人儿，是王福至的小姨子。她上穿短袖开领的粉色衫，下穿一条长及膝盖的碎花裙子，脚上是一双皮凉鞋，没穿袜子。

这四男一女中，陶妲见过两个男的一个女的，她在镇派出所和他们交涉过。而沃克比陶妲多见过一个男的，他和他们吵过。王福至正经八百煞有介事地替双方做介绍，四个男女，都装出初次和陶妲夫妻见面的样子，也正经八百煞有介事地与他俩握手，说些"幸会""欢迎"之类不三不四的话，半点儿尴尬也没有。陶妲见他们并不觉得尴尬，也在心里对自己说何必尴尬。这么暗自说过，竟也觉得没什么可尴尬的了。觉得尴尬的只有一个人，便是沃克。他一副屈辱得无地自容的模样。陶妲看在眼里，极怜悯。

王福至又将大家往楼里请。一楼的厅堂早已支起大圆桌，摆好了一桌菜。在王福至的指点下，纷纷坐定。陶姐和沃克自然坐在一起，沃克另一边是夫妻俩都没见过的那男人，陶姐另一边是王福至的小姨子，王福至叫她"三妹"，而那几个男人叫她"丽丽"。她身旁依次是所长、副所长、王福至和一个叫"大力"的男人。四个男人中，陶姐夫妇没见过的那男人显得与另外三个男人不同，文质彬彬的，话不多。谁说话时，他便目不转睛表情平和地望着谁，认真听对方说的每一句话。王福至没介绍他，看来也不知道他的来头。丽丽他们也不介绍，陶姐夫妻更是懒得问，就那么糊里巴涂地围桌而坐。

王福至取来一个大肚瓶子，内中盛有二斤多酒，还泡着人参、枸杞等乱七八糟的东西。一目了然的东西是一只三四寸长的蜥蜴，陶姐看了觉得一阵恶心。在日光灯管的照耀下，丽丽的脸和胳膊白皙得耀眼。陶姐不由得联想到了"天生丽质"四个字。一个如此美丽的女人窝在一个小镇的派出所里，陶姐不禁替她暗自惋惜。可她却是那么的开朗、快乐，表现出一种对命运和生活的极大满足。陶姐无意中发现，这小镇的警花，脚趾上涂了深红色指甲油……

王福至指着酒瓶子说："咱就喝咱自家这个？这个好。看酒都快泡成酱油色了！绝对补，还壮阳！"

丽丽半真半假地说："姐夫，你注意点儿啊。我姐不在家，你别整天又是补又是壮阳的。把自己补得猴急猴急的，哪儿泄去呀？"

于是她的两位领导一位同事都笑将起来。那来头不明的男人仍不笑，反而一脸庄重。仿佛下定决心，拒俗气永不沾。沃克当然也不笑，誓与那男人比赛庄严似的。

所长笑过后问："先说说，你那是拿什么酒泡的？"

王福至说："哥，里边儿的酒咱今晚喝着不跌份儿。你去年给我那两瓶茅台，我一带回来就全灌进去了。"

所长又说："那也是别人送给我的。别人送给我的茅台，肯定假不了，就先对付光了这瓶里的吧！革命工作都快把弟兄几个的身子骨儿耗空了，该补也得补，该壮也得壮！"

于是他的属下们又都通趣地笑了。

于是王福至拧开瓶盖儿，依次给大家斟满酒。

接下来，无非互相碰杯，无非各显豪气，无非大快朵颐，无非你讲一段黄段子，我接着讲一段黄段子；无非再次彼此满酒、敬酒，各自一饮而尽罢了。丽丽也讲了两段黄段子，引起的笑声最持久，她的领导和同事都评价她讲的黄段子最黄也最精妙。她为了感谢夸奖，自己主动饮尽了一杯。她白皙的脸开始变红，开始一口一个"姐"地称呼着陶姮。陶姮已有言在先，说自己绝不喝白酒。作为主人的王福至不勉强她，只给她一个人倒满了一杯啤酒。对于啤酒，陶姮倒是量不小的。但和对方在一起，她压根儿没有放开量的兴头。每次只饮一小口，饮得斯文无比。再者，她的病情也不允许她放开量。

丽丽和她碰了一次杯后，耳语道："姐你放心，那一千元我们带来了。一回生，二回熟，三回见面是朋友。那点儿不快，咱们双方面应该都把它忘了。"

听着丽丽掏心掏肺的话，看着她一脸真诚的表情，陶姮想嫌恶她都嫌恶不起来了。而且觉得，若真嫌恶这么一个豪爽的漂亮人儿，反倒显得自己不近人情了。

沃克也并没被冷落，他身旁那个莫测高深的男人，不时地与他碰杯。也许因为对方与别的男人不同的那份儿庄重博得了他的几分好感吧，每次他都很领情地喝光。还学某些中国男人豪饮时的样子，向对方亮杯底儿。丈夫酒量颇大，不说是海量那也差不多。欧洲有酒量的男人们，豪饮起来与中国的酒徒们那也有一拼的。但陶姐还是担心，他喝那种泡了些乱七八糟的东西的酒不适应，别一大意不知不觉就醉了，不时以眼神儿制止。趁别人们都在互相劝酒，她小声对丈夫说："悠着点儿。"

丈夫却声音挺大地回答了一句："小意思。"

王福至们闻言，目光全都集中在沃克身上，忽然向他齐举其杯，嚷嚷着要为中美关系之良好发展干杯！

陶姐暗替丈夫叫苦不迭。

沃克却安坐不动，话中有话地问："我知道中美关系前一时期不太好，现在又良好了吗？"

王福至们皆被问得一愣。

丽丽擎杯站起，振振有词地说："中美关系时好时坏很正常，但总的趋势肯定是朝良好的方面发展，对这一点我们应该抱有充分的信心！而在民间，自从中国改革开放以来，关系一直是良好的。"

所长赞道："哎呀哎呀，听听，听听，咱们丽丽一张小嘴儿多会说话啊！可爱死了！"——赞罢，放下杯，双手捧着丽丽的俏脸，啧啧有声地连亲几口。之后又说："那什么，首轮让给你丽丽，你先代表中国人民和沃克先生干一杯！"

丽丽娇言娇语地说："人家站起来，举了半天杯，不正是这个意思嘛！"——接着将杯向沃克一伸："洋姐夫，要是肯给我面子，咱俩干了这一杯！"

沃克说："我不姓杨。"

大家便笑将起来，连陶妲也笑了笑。

丽丽笑道："姓什么不是重点。重点是，小妹已经叫你姐夫了。干不干？不干我一句姐夫白叫了！"

沃克往起一站，举杯大声说："那我和你喝交杯酒！"

所长们便起哄，都哎呀哎呀地说，看来"中国通"那是真的"通"，连"交杯酒"都知道，你俩这一杯非干不可，要不连中国人民的面子都给卷了！

丽丽低头看着陶妲笑问："姐，这可得你批准，否则小妹不敢放肆。"

见大家的目光一齐望着自己，陶妲只得也赔着笑脸说："我不横加干涉。"

于是丽丽绕过陶妲，走到沃克身旁，大大方方地与沃克手臂勾手臂，四目相睇，各自一饮而尽。王福至们则不但叫好，而且大鼓其掌。丽丽归座后，自满一杯，又对陶妲说："姐，我祝你和姐夫凡事顺心，永远健康、快乐、幸福！"——言罢，又一饮而尽。

陶妲真的有点儿被丽丽的豪爽感动了，连说："同祝同祝，我也祝你全家！"——遂将半杯啤酒也一饮而尽。

王福至们，则都举着杯走到沃克身旁，围住他，轮番与他干杯，沃克一时就显得难以招架。幸而后院突然响起藏獒的凶吠，所长立刻放下杯，魂不守舍地说："光顾喝酒了，我还没看上它一眼呢！它这是听到了我的声音，想我了，急了。不行，我得先看看它去！"

边说边起身走出了屋。王福至赶紧放下杯跟出去，剩下的四个男人互相看看，也都二话不说地跟出，桌旁转眼只坐着陶妲和丽丽了。陶妲推说昨晚没睡好，头有点儿疼，得上楼去睡了。丽丽要陪她上楼，她说我又没喝多少酒，你坐着别动了。丽丽倒也孩子似的听话，就真坐着不动，望着陶姐上楼。陶姐刚上两级台阶，听丽丽亲昵地叫了一声"姐"。她扭头看丽丽，丽丽说："姐你要是信得过我，那也就信我姐夫好了。他挺有办事能力的，某些事，你完全可以交代给他，让他代劳。他办不了的，还有我。"

陶姐笑着点了点头，也说："替我关照点儿你那位洋姐夫，别让他们把他灌醉了。"

丽丽说："姐放心吧。"

陶姐回到房间，坐在床边，想想双方的关系竟一下子变得这么亲密无间了似的，半天转不过弯子来。然而现在的关系毕竟比互相厌恶敌对的关系好，哪怕是逢场作戏，也还是要好，便也觉得欣慰。进而又想，酒真是好东西……

在后院，所长与藏獒百般亲热，问这问那，包括沃克在内的五个男人，围一圈看着，或夸奖那狗样子的威风，或称赞所长对那狗的真切关怀。

所长蹲着，搂着大狗的脖子，又问王福至狗吃食的情况怎么样。

王福至说不挑食，每天仍吃得很多。

所长又问："镇上那几个卖肉的，还肯给些骨头什么的吗？"

王福至回答："肯，肯，一听说您的狗养在我家，都争着给呢！尤其商场边上摆摊那矮胖子，每次一看见我，都主动叫住我，上赶着给。我拿的东西多，不想接他还不高兴呢！端午节前我到镇上去赶集，他又叫住我，当场切下三斤多五花肉来叫我拎上，说是也给您的狗过节。"

"结果你把肉自己做着吃了吧？"——所长问得很严肃。

王福至一迭声地说："不敢不敢。那怎么敢呢？那不太辜负您的信任了嘛！"

副所长笑道："瞧你吓得这副熊样儿！所长在开玩笑你听不出来呀？"

王福至这才放松一脸肌肉笑了。

所长又问："你说那矮胖子，他姓什么？"

王福至挠头道："这我还真不知道，没问过。"

所长就把脸转向叫"大力"的属下说："你记着，这几天内就替我谢谢他。"

大力诺诺连声。

副所长接着说："再问问他，有没有什么需要咱们服务一下的事。"

所长放开狗，站起，下达指示般地说："对。一定要问。对于好人，良民，今后我们的责任心要更多些，更大些。"

王福至却诉起苦来。他说他家冰箱里几乎都塞满了留给狗吃的骨头和下水什么的了，自己需要冷藏的东西都放不进去了。

大力说："现在家电下乡，给补贴，多好的机会，再买一台嘛！"

王福至说："我那台冰箱差不多还是新的！不是因为替所长养狗，我家就一台冰箱足够用了！"

所长就扭王福至耳朵，教训道："你小子，跟我来这套！不是看你小姨子的份儿上，我还不用你养呢！"

王福至夸张地吱哇乱叫。

所长放开他耳朵，对副所长说："他也有他的道理，那你就看着再从哪儿给他弄一台送来吧。"

副所长说："没问题，尽快落实。"

大力随后说："两位领导都别操心了，包我身上。"——扭头问王福至："给你弄台三开门的，七八成新的行不？"

王福至眉开眼笑，连说多谢。

大家又回到桌前。大肚瓶子里的酒已经喝光，就都开始喝啤酒了。一边喝，一边东拉西扯。酒的好处之一那就是，在人喝到半醉没醉的时候，没意思的事也能讲得声情并茂，而听的人同样也能听得乐不可支。沃克插不上嘴，只有充当表现出色的听众。那时的沃克，变得更像那个莫测高深的男人了。不管谁讲什么，男盗女娼也罢，鸡毛蒜皮也罢，官场阴谋也罢，文人丑闻也罢，总之是目不转睛地看着人家，认真地听，友善地笑。不必别人劝，还一边听一边自斟自饮。这美国佬已醉到了六七分程度，已忘了他昨天在镇派出所遭受到的诬陷和耻辱。仿佛，他觉得自己已混进中国哥们儿之间了。感觉良好，愉快得一双浅蓝色的眼睛闪闪发光。

不知谁一句话提到了，大家的话题集中于昨天公路上发生的那件事了。王福至一会儿学省城那位局长说话的腔调和行为举止，一会儿又学县里那位副县长。他居然还有几分表演天赋，学得惟妙惟肖，逗大家笑得前仰后合。

而丽丽，则从沃克手中轻轻夺过杯，小声且温柔地对他说："我姐怕你喝高了，让我替她照顾你。听话，别喝了，吃点儿菜吧。姐夫，王福至！别净耍活宝了，把这几样菜热热去！"

王福至这才停止"小品表演"，尽主人的义务热菜去了。

丽丽又小声对沃克说："等热菜上来了，先吃豌豆角炖山药，连汤也喝了，山药对男人的身体有好处。他们还得聚半天呢，你要不愿陪着，那就先上楼去。"

沃克却说："你真好。可我愿意陪着。他们讲的事都很有意思，我爱听！"

话题一集中于昨天公路上发生的事件，那来头不明莫测高深的男人忽然打开了话匣子，看去他也有六七分醉了。他一做出打算郑重"发言"的样子，所长嘘了一声，于是大家皆安静下来，个个洗耳恭听。

他说："受枪伤的那人没死。"

仅这么一句话，顿时又将安静打破了，大家议论纷纷。有的说，那么近挨了一枪，而且是猎枪子弹，怎么能不死呢？那小子命也太大了吧？有的说，要是死了，咱们那位副县长不判刑才怪！这没死，可太便宜了他，兴许写份检查，承担医药费，私下里再塞给对方点儿钱，事也就过去了，以后该怎么当官照样怎么当官。还有的说，那就要看挨了一枪的是个什么样的人了，如果摊上个刺儿头，恐怕没那么容易完事的……听大家的话的意思，都有点儿因为那个人居然没死而郁闷。

来头不明莫测高深的男人又说："虽然没死，却没脱离生命危险，还在抢救之中。一个肾被打碎，摘除了。子弹斜着穿过肚子，从左背洞出，击断了两根肋骨……"

大力一拍桌子，解恨地说："活该！"

"新闻发言人"问："你和那人有仇？"

大力说："我不是和那人有仇。我和那人连见也没见过，根本不认识。我是冲那姓韩的副县长说活该！活该活该活他妈的该！人死了才好！"

"大力！你醉啦！别满嘴胡说八道！"

所长对大力严加制止。

副所长却说："没事，让咱们大力嘴上发泄发泄吧。刘巡视员是自己人，今儿咱们饭桌上不论说什么，他都不会出卖咱们。"——说着，拍拍那位被称作"刘巡视员"的男人的肩，信赖地问："是吧，'刘巡'？"

在楼上，陶妲独自待得怪无聊。她走出房间，站在露天阳台上望夜空。夜空澄清深远，月亮很大很圆，星星很多很亮，银色月光洒遍大地。百米开外另一户人家的屋脊上，有一大一小两只猫的影子从容不迫地散步，一声也不叫。端的夜色撩人。她听到楼下开始谈论昨天公路上发生的事件了，就隐在楼梯口，想要暗中听个端详。人真是奇怪的动物，尽管自己已经被绝症紧紧攥住，没多少时日可活了，而且还愿之事也不知能否顺利，但对某些亲眼所见之事件的好奇心，居然还是那么强烈。

她听到那位被称作"刘巡"的男人说："副所长，稍微纠正一下你的话啊，除了都别说党不好，在这个前提之下，我保证大家不论说什么我都不见怪，也不汇报。朋友之间嘛，相处要厚道，哪儿说哪儿了。我跟副所长，我们是中学时的好同学。他总对我夸所长好，我想，那我得结识结识，所以今天晚上才跟来了。所长，以后我这中学好同学有什么配合不周之处，还请多担待啊！"

她又听到所长说："我对我们副所长的评价一向很高，我俩互相支持，配合得没说的！"

楼下的话题一下子又变得东拉西扯了，陶妲没耐心听了，刚欲转身再入房间，听到话题又绕回昨天的事件上了，不由得止住了脚步。

楼下，丽丽敬给"刘巡"一支烟，并且按着打火机替他点烟。他缓吸一口，享受地吐出一长缕烟雾，悠悠然道："也算他俩倒霉吧！省城那位蔡局长，刚刚通过组织部门的考察，调令都下来了，过几天就正式宣布，一宣布就当副市长了。那权力更大了，以后再升还有空间，偏偏赶上了那么一场事，太背运了。副市长肯定是当不成了，档案里从此有污点了，永远不可能再升了。现在的官场，一个空位置许多人争，档案清清白白的还重用不过来，党又为什么非提拔一个自己把声名搞臭了的人呢？"

"刘巡"一支烟吸得特享受，那番话说得也特享受。大家就都点头，都说"那是那是"。表情也都很欣慰，好像那位蔡局长的倒霉，使在公务员体制内的每一个人都多了往上升的机会似的。尽管一个小镇派出所的干警们，与省城的局级官位之间，隔着除非发生奇迹否则一辈子也达不到的距离。

大力迫不及待地说："咱不谈那局长了，谈那副县长吧！"

"刘巡"看他一眼，表白道："我是真替他惋惜。我俩虽不认识，但听说他当官当得很低调，在局长的位置上，辛辛苦苦小心翼翼地为党工作了十几年……好，不说他了，说咱们县那位韩副县长。我接下来说的可是最新内幕，还是刚才那句话，哪儿说哪儿了。他更是一个倒霉蛋儿，不知道他怎么认识了省城那位蔡局长的，听说人家高升了，就一次次邀请人家，非要陪人家进山去打猎。人家盛情难却，结果就来了。老百姓手里没猎枪了，早收缴上去了。不知道他怎么就能搞到一把，还是支新的。其实昨天他俩白进了一次山，什么也没打着。挨枪的那个人的家属，今天闹到省委去了。一二十人，在省委门前吵吵嚷嚷了一上午，把省委书记气坏了。咱们省这几年挺消停的，他们那一闹，就聚了不少围观的，影响坏透了。总而言之，他彻底完了。据说省委书记已经批示了，要依法惩办。单凭非法携带枪支这一条，就够判他三年五年的。更何况还开枪伤人，还造成了极恶劣的社会影响……"

大力又一拍桌子，振聋发聩地说出一个字："好！"

"我也就知道这么点儿最新消息，毫无保留，全说了。"

"刘巡"摁灭烟，结束了他的"新闻发布"，看着丽丽温文尔雅地说："请给我倒杯水，好吗？"他将"好吗"二字，拖出了那么一种腻不啦唧的语调。同时他的目光，也开始变得色眯眯的了。

王福至却不懂事地抢先站起来说："我去我去。"

丽丽也紧接着站起，白了她姐夫一眼，娇嗔地说："显不着你，人家'刘巡'请我去倒！"

王福至嘿嘿一笑，识相地又坐下了。

丽丽离开后，沃克起身上厕所去。

丽丽擎了一杯白开水回来，恭恭敬敬地放在"刘巡"面前，接着就站在"刘巡"身边，一口口吹手指。

"刘巡"仰脸看着她问："烫着了？"

她也低头看着他，妩媚一笑，以惹人心疼的模样说："可不呗，都烫红了。"

"刘巡"还要认真地问："真的？"

丽丽将一只手朝他一伸，噘起嘴道："还骗你呀？不信你看嘛！"

"刘巡"就抓住她那只手,拉至眼前细看,并说:"确实烫红了,对不起对不起,就坐这儿吧。"

丽丽就乖乖坐在了他身旁也就是沃克的那把椅子上。

沃克回到桌前,见自己的座位被丽丽坐了,一声不响地坐在了陶姐坐过的椅子上。撒了一大泡尿,酒精随尿排出不少,他又耳聪目明起来,不想回楼上去,还愿听几个中国镇一级的县一级的大小官员们说些他从没亲耳听到过的中国故事。

王福至问大家需要上茶不。

都说那就上茶吧。

于是王福至撤下酒,将一大壶茶放在桌上,并给每人换了一只茶杯。这农民家里的饮具还挺全,还成套,一套套的还挺好看。分明,他经常在家里接待一拨拨镇里县里来的客人。

大家喝茶时,"刘巡"问大力:"你跟韩副县长有什么过节儿?"

不待大力开口,副所长替他解释:"他俩能有什么过节儿呢,只不过那姓韩的对我们派出所太不公平了!他不是分管过一时期治安嘛,到我们镇上来架子烘烘地视察过,抓住我们派出所一点儿鸡毛蒜皮的警风警纪问题不放,大做文章,结果把我们好不容易保持住三年的模范荣誉给取消了……"

"刘巡"就说:"身为领导干部,首要的政绩之一就是抓典型,那也是工作能力的一种证明。抓住了就得弄出动静来,只有弄出动静才会引起上级的关注。只有被上级关注了,自己才会进入上级的视野,才会有被提拔的可能。韩副县长,我是熟悉的。当年我俩都在副县长的候选名单上,我这人不太善于钻营,结果他就上去了。可我从没嫉妒过他,客观地讲,他那副县长做得一向还算称职……"

他说时，每个人依然认真地听，如同听指示，听教诲。而他的话虽然表达着同情，嘴角却难掩一种内心快哉的笑意。并且他的一只手在桌子底下摸在了丽丽细皮嫩肉的大腿根儿那儿。

丽丽也说："就是。'刘巡'的话我爱听！人家那次来镇上视察的时候，其实也没架子烘烘的。"

大力反驳道："口口声声代表县委县政府，还不算架子烘烘的？我是替所长恨他，要不是他搞那么一下，咱们所长调县里去了，家也会跟着搬县里去！咱们副所长，那现在是咱们所长了……"

丽丽听他如此一反驳，吸起烟来，垂着目光看烟头，不说话了。而她的一只手在桌子底下放在了"刘巡"的手上，摆弄他手指。

沃克无声地笑了。

所长们目光一时都奇怪地望向他。

他则单望着大力说："你这人，太可爱了。我要是你领导，没法儿不喜欢你。"

所长撸了大力的后脑勺一下，严肃地说："我们大力当然可爱啦！不过大力啊，当着'刘巡'的面儿，净说些半醉不醉的气话，那可显得太没政治觉悟了是不是？归根结底，咱们是为党工作。为党工作，受点儿委屈算什么？至于我本人能不能调到县里去，那就更不算个事了。真调我走，我还舍不得离开你们呢！"

和沃克一样高大的大力，就像个听话的孩子似的，嘿嘿笑了。

所长又望着"刘巡"，话锋一转，试探地问："'刘巡'，咱们虽然初次见面，可我们都拿你当朋友了，我觉得你也拿我们当朋友了。有件事，我还真得请教请教您……"

"刘巡"那只手还恋在丽丽的大腿根儿；他谦虚地说："请教

那实在担当不起，您只管问。帮不上忙，那我也能帮着出出主意啊。"

所长说："就是，依你看，我们所那模范，能不能再争取回来？如果还能，我们应该再怎么努力？我本人对荣誉倒是不太看重的，但我们全所的同志们，还是需要那么一种荣誉的激励啊！"

副所长接着说："是啊是啊，我们全所，都是有荣誉感的好同志。'刘巡'，你一定得指点指点迷津。刚才光说别的了，差点儿把这么重要的事给忘了！"

丽丽用自己的肩碰了碰"刘巡"的肩，也说："'刘巡'，我们所长和副所长可是从不求人的，他俩一块儿开口求您了，您无论如何得指点指点我们该怎么做，不该怎么做，何况我们是为了把党和人民交给的工作做得更好。"

"刘巡"一边听她柔声细语地说着，一边"嗯、嗯"连声。俩人碰在一起的肩头，像都涂了胶，粘住分不开了。他塞了牙，向王福至要牙签。王福至像央视的"春晚"总导演似的，运筹帷幄，不敢有半点儿的粗心大意，直到此时其实仍承受不小的心理压力，生怕在哪一个细节上考虑不周，使大家高兴而来，扫兴而去。"刘巡"伸手一要牙签，他傻眼了。

"刘巡"看出他家没有，宽宏大量地说："不一定非得是牙签，随便找个什么能剔牙的就行。"

丽丽说："那怎么行！"——白了她姐夫一眼，训道："就想到了你家可能没有，幸亏我带了一包。"

她说罢，起身走到衣架那儿，从她的小挎包里取出了一个漂亮的小塑料盒，打开来，一一将带纸封的牙签分给大家，连她姐夫也分给了一支。

于是大家都夸她想得周到。

顶数所长夸得最到位，他说："我们所如果缺少了丽丽可怎么得了啊！"

丽丽那张浮现了两朵微红酒晕的脸上，就又濡上了两朵羞晕，更红了，也更俊俏了。

"刘巡"一手掩口，斯斯文文地剔了一会儿牙，显然在思考。包括沃克在内的每一个人，便都剔起牙来。那会儿气氛很肃静，仿佛共同在进行一种仪式。

终于，"刘巡"将牙签放入烟灰缸，吸起了一支烟，照例是丽丽替他点燃的。

于是大家全不剔牙了，也全吸起烟来；气氛却还是那么的肃静。

"你们的事，说容易，也容易。说难，比咸鱼翻身还难。"

到底，"刘巡"是又开口说话了；而大家全都指间夹着烟，屏息敛气，洗耳恭听地看他。

他接着说："全县那么多镇，每年只评一两个模范派出所，竞争激烈，这一点你们心里都是清楚的。何况你们所，是被韩副县长给摘掉了荣誉称号的，已成事实，又变成模范所，凭什么？难就难在这儿。你们说，凭什么？"

所长、副所长和大力默不作声地你看我，我看他。王福至直嘬牙，嘬出一阵啧啧之声，仿佛是在以此证明，他最了解那种难度。

丽丽就又板着脸训她姐夫："你出的什么怪动静？真讨厌！"

王福至尴尬至极，连说："不敢出声了，不敢出声了。"

沃克一会儿将目光盯在这个人脸上，一会儿又扭头注视着那一个人的脸。这美国佬此时明白了——敢情今晚这几个不寻常的中国人聚集在这里，不只是因为他的事，更因为他们自己的事。那事表面听起来事关荣誉，而实际上事关他们各自的切身利益。只不过他们都不那么直说，借着荣誉来说事。他越听越有趣儿，一心非听个结果不可。

"但是呢，说容易，我想也容易。韩副县长现在出事了，差不多等于身败名裂了。那么，他以前所做的事，是否正确，也就有理由认真认真了。这样吧，你们写一份申诉材料，我替你们转给县里各位领导。你们要强调是强烈要求恢复你们所的模范称号，这样呢，实际上就避开了参与荣誉的竞争。有错必纠，符合党的工作原则嘛！我跟县里几位领导关系都不错，我再助你们一臂之力，从旁发挥发挥必要的个人影响。你们看，这么办如何？"

不待所长开口，丽丽已问："您的意思是，包您身上了？"

她的手同时在桌下抓住了他的一只手，并且与他的手五指交叉，轻轻相扣。

"刘巡"犹豫一下，反问："丽丽，你说呢？"

丽丽嫣然笑道："我的理解，就是包在您身上了啊！"

"刘巡"也一笑："那，就是你理解的那样啰！"

于是另外五个男人也都笑了。所长、副所长和大力笑得极为悦然。王福至笑得如释重负。而沃克笑得心满意足。妻子早已离开了，他还奉陪着这几个不寻常的中国人，不仅是为了能使自己的清白得以顺利刷洗，也同时为了在酒桌上了解几个自己以前从未接触过的中国人。他觉得，后一个目的他完全达到了，因而这一个晚上他陪上再多的时间也是值的。这时的这一个美国佬，酒劲儿完全消散了。

王福至忽然大声说："不聊别的了，不聊别的了，都到院子里去，大家乐和乐和！我特意为今天晚上买了几张歌曲碟，能唱的唱，想跳舞的跳舞！"

"刘巡"第一个站起，正中下怀地说："我听副所长说，丽丽跳舞跳得可好了，今晚那得上心思地教教我！"

丽丽笑道："也就一般水平，不过只要您高兴，我当然要陪您跳个够！"说罢，倍加亲密地挽着"刘巡"率先走到院子里。

大力己帮王福至抬电视机什么的去了，桌旁一时只剩下了所长、副所长和沃克。

沃克不无请示意味地说："我妻子身体有点儿不舒服，那我先回房间了！"

所长似乎没听到，微眯双眼在想心事。副所长朝他笑笑，点一下头。沃克离开后，副所长对所长说："我看，算是搞定了。"

所长说："但愿如此吧。"

二人便也起身离开了房间……

沃克回到楼上，见陶姐站在窗前；他走到她身旁，见王福至和大力已将电视机抬到了院子里。

妻子也不转脸看他，望着院子问："高兴了？"

他说："是的。"

她又问："没有被侮辱与被损害的感觉了？"

他说："基本上没那种感觉了。"

她不再说什么，二人之间陷入了一阵微妙的沉默。那令他感到某种难以适应的别扭，于是将一只手从她背后绕过，搂着她另一边肩，主动地说："我觉得，喝醉了的中国人更可爱一些。"

她说："那要看醉到什么程度了。"——一动未动，仍望着窗外。

"当然是他们那种半醉不醉的程度。"

"那么你也当然觉得丽丽很可爱了？"

"你呢？你怎么看她？"

她不回答。

"我觉得，她身上有潘金莲的特征，就是你们中国男人赞美女人的那两个字——'尤物'的特征。她身上也有阿庆嫂的特征，鬼机灵，还善解人意，总之不使人反感。"

她这才将脸转向他，特别庄严地问："其实，你想说的是她对你很有吸引力是吧？"

他愣了一下，不自然地笑道："如果一位美国名牌大学的教授被一个中国小镇上的女子所吸引，你不是应该感到骄傲吗？"

陶姮将肩头一扭，摆脱了丈夫那只手，低声说："我累了。"——说罢，走到床那儿，脱了鞋，和衣躺倒下去。

沃克转身看着她又愣了片刻，跟过去，也脱了鞋和衣躺下。他想从后搂抱着她，可她将他的手从胸前抓起，甩开，冷淡地说："听明白，我累了，希望能很快入睡，请别烦我。"

他问："连衣服也不脱了？"

她说："对。"

然而她的希望立刻落空，因为院子里的一只大灯亮了，并且同时响起了丽丽的歌声：

> 你问我爱你有多深，我爱你有几分，
> 你去想一想，

你去看一看，

月亮代表我的心⋯⋯

好在话筒的音量开得不大，丽丽又是在小声唱，听来嗓音也还算甜美，陶姐倒也不觉得多么受滋扰。她白天睡了一大觉，到现在精神还挺足，实际上既不累，也无困意。

丈夫说："我去要求他们别唱？"

她说："不用。"

丽丽唱罢，不知哪个男人唱起了《妹妹你大胆地往前走》——因为那几乎等于吼，不要说陶姐，连沃克也听不出来是谁的声音。

他一跃而起，愤然道："如果这还不提出抗议，行吗?!"

陶姐拖过一只枕头，压住耳朵，而这等于同意了丈夫的主张。

沃克怒气冲冲刚一走到院子里，丽丽立刻说："别唱了别唱了，咱们这么唱，人家夫妇俩想早点儿休息也不可能了！"

吼唱着的是大力，他收声看一眼手表，意犹未尽地嘟囔："还不到 10 点呢。"

丽丽一把从他手中夺过话筒，严肃地说："那也不许唱了！我说不许就不许，谁都不许唱了！"

仿佛，她不但有资格，而且有无可争议的权威那么禁止似的。

一时间，所长等五个男人面面相觑。

王福至也从她手中将话筒夺过去，斥责道："领导们正高兴着，你这是干什么你！"

丽丽指着她姐夫又大声说："王福至，没你做主的份儿，把话筒给我乖乖放下！"

王福至没听她的，将话筒朝所长一递："别理她。在我家，我当然有做主的份儿！"

包括沃克在内的几个男人，全都将目光集中在所长身上了。

丽丽也眼望所长，手指着沃克说："人家就是想要抗议的，非得人家把抗议的话说出口呀？自己高兴了，也要想到别人高兴不高兴，让人家把不高兴表现出来，那搞得大家好意思吗？"

"刘巡"说："丽丽批评得对，批评得很对。"

所长说："那，都听丽丽的吧。"——望着沃克问："我们不唱了。我们小声放几段音乐，跳一会儿舞，应该是可以的吧？"

沃克此时反觉不好意思了，连说："可以可以，其实我也不是……"

他想说不是出来抗议的，干张了几下嘴，将后半句咽回去了。那么说谁信呢？

王福至迅速地换了盘碟，院子里飘荡着柔曼动听的音乐了。几乎与音乐响起是同时的，丽丽轻盈地旋转着身子到了所长跟前，双手拎起裙边，行了一个地地道道的屈膝礼。裙子本不长，又被她双手拎起，看去像芭蕾舞裙那么短了，沃克看她那两条白皙的长腿看得发呆，他被她行屈膝礼的姿态迷住了。

所长颇绅士地将丽丽扶起，并朝"刘巡"翘翘下巴。丽丽又蝴蝶似的旋到了"刘巡"跟前，同样行了一个屈膝礼。"刘巡"却往后退了一步，惭愧地说："这是一首探戈舞曲嘛，我哪里会跳那个呀！"

"我会！"

沃克的话一出口，连他自己也一愣。他觉得自己如同一台开关失灵了的录放机，"我会"二字是自行从胸腔里"播放"出来的。

另外五个男人全都愣了一下，已经站起的丽丽略一犹豫，立刻又一笑，轻快地走到沃克跟前，没再行屈膝礼，而是将一只手搭在他肩上，另一只手舒缓一摆，小声又满怀敬意地说出一个"请"字。

沃克迫不及待地握住了她的手，觉得她的小手绵软又滑润，于是二人跳起了探戈。在中国南方的农村，在一个大农家院里，一位美国教授和一位小镇警花伴着音乐翩翩起舞，而且跳的是探戈，实在够得上是一道农村风景了。院子里的哪一个人都没注意到，对面那幢小二层楼的楼脊上，不知何时，已趴着几个被这院子里的热闹所吸引的孩子了。

然而陶姐却发现了。院子里没人再吼歌了，但丈夫也没及时回到房间里，她很奇怪，起身走到窗前朝院子里看，正看到丽丽的上身担着丈夫的长胳膊朝后仰，同时高高踢起一条好看的白腿。那院子是铺了水泥的，水泥面儿抹得光光滑滑的，溜平。但那也毕竟是水泥的而非是铺了大理石的，一对舞着的男女，却像是在宫廷那种铺了大理石的地面上一样舞得全身心地投入，舞得带劲儿而又亢奋……

就是在那会儿，陶姐不想看下去了，一抬头发现了趴在对面楼脊上的孩子们。

她转过身，靠着窗台发了一会儿呆，翻出安眠药服了一片。又发了一会儿呆后，再服了一片……

不过沃克和丽丽也并没能将那一曲探戈跳完，王福至生气地换了一盘碟，探戈舞曲改成华尔兹舞曲了。也多亏王福至换了碟，否则，五十六岁的沃克这个美国老男人，也许就要因为气喘吁吁脚步乱套而被丽丽带得大出洋相了。

丽丽却没事似的，不喘也没出汗。华尔兹舞曲一起，她又跟"刘巡"跳了起来。

沃克却还不愿回到房间里去，他一时因为眼里只有丽丽，心里完全没有陶姐这位妻子了。其实他的存在已经应该有点儿自觉尴尬，因为所长等三个领导和同事关系的人，那会儿站在一处，都成心不看他了，更不打算跟他说话。然而他却真的觉不出自己实际上是被冷落在一边了。或者，他也感觉到了，却不在乎。他还没跟丽丽跳够，暗自在乎的也是别的。王福至走到了他跟前他都没觉察。

王福至没好气地说："哎，你该回房间就回房间吧，把你老婆一个人撇房间里，不怎么像话吧？"

他仍目光追随着丽丽说："没事。"

他的话将王福至气得直翻白眼。

他却还要问："你小姨子，怎么连探戈也会跳？"

王福至说："那讲起来话就长了，以后再告诉你。回房间吧，回房间吧，陪你老婆早点儿休息才像话！"

沃克几乎等于被王福至推进了楼里。不过沃克还是并没上楼去，他斜倚门框站在楼门内，望着丽丽和"刘巡"跳完一曲，坐下饮了几口茶，与围在她身边的几个男人说笑了一阵，站起来又和所长跳。

他暗自惊讶于她对跳舞有那么高涨的兴致也有那么良好的身体素质。同时，这位美国教授心头涌起一大股苍凉之感。以前他还没太觉得自己老，在中国的农村，在这一个大农家院里，半轮探戈，使他忽然意识到自己老了。更确切地说，是一个出落于无名小镇的，妩媚又精力充沛的中国女子使他忽然意识到自己老了；正如刚才陶娅望着他和丽丽跳舞时，忽然倍感空前的孤独。

当院子里终于安静下来，沃克回到房间里时，陶娅已在两片安眠药片的作用下睡得像死过去了一样。

他带着毛巾什么的下楼去冲澡，在冲澡房门外碰到了丽丽。她只着短裤和一件鸡心领小背心，丰满的乳房将小背心胀得鼓起很高。月光下，她身体裸露的部分如同白玉雕成。

美国老男人被她白皙的肤色晃得头晕目眩。

中国女子要是白起来，那也绝对称得上是"白种人"的。

他强自镇定地拦住她问："为什么你只对他们二人行屈膝礼，对我就不？"

她将拿着东西的双手背在身后，向他俯着身子对他耳语："那是逢场作戏。"

他刚才暗自在乎的正是他问的这件事，听了她的回答，心里不那么失衡了。本来他以为，在她心目中，他是低于她的所长和那位叫"刘巡"的一个男人。她的耳语，使他得到了极大的安慰。

她又那样子对他耳语："把你的手机号码告诉我。"

他连想也没想就告诉了她。

她飞快地一个数字也不差地背了一遍，问："对吧？"

他连连点头。

"记住了。"——她嫣然一笑，猫似的悄无声息地上楼去了……

沃克在冲澡房里往自己汗毛浓密的由于出汗而发黏的身体上打肥皂时，有点儿惴惴不安。他想不明白她为什么需要他的手机号码，更不明白为什么她开口一要，自己就那么乐意地告诉了她。即使在美国，他也不会那么随便地就将自己的手机号码告诉一个几乎完全不了解的人的，哪怕对方是一个美女。而且尤其当对方是美女时，已婚的有身份的美国男人反而会更谨慎的。要说完全不明白自己究竟是怎么了，那也等于是自己将自己看成一个不谙世事深浅的小孩子了。事实上他预感到了，在自己和那个叫丽丽的堪称"尤物"的中国小镇美女之间，肯定将会有些故事发生。那是几乎全世界一切男人都喜欢的一类故事吗？对于这一点，他则没有多大把握了。那类故事，往往也会使男人们，尤其结了婚的男人们焦头烂额的。与其说不明白，还莫如说是假装不明白。因为假装不明白，起码可以减少一些罪过感。是的，他内心里同时也产生了罪过感，觉得很对不起正生着病的妻子。那种罪过感使他往身上多打了一遍肥皂，也搓出了更多的泡沫。

然而，除了不安，除了罪过感，还有第三种心情使他处于心花怒放般的状态，那便是久违了的激动万分。当年——对于人有限的生命，那真是很遥远的当年了；当年他第一次成功地邀请陶妲与他共进晚餐时，那种激动万分的心情也是足以用心花怒放来形容的……

那一夜，一向睡眠很好的五十六岁的美国佬失眠了。与不安有点儿关系，与罪过感也有点儿关系，与激动万分的关系更大些。但主要都不是因为那些关系——隔壁房间里不断地传过来床头撞击墙壁的响声，两个房间的床头所靠的是同一堵墙；那堵墙又不是厚厚的承重墙，只不过是单砖的间壁墙。有几次间壁墙被床头撞击时，他感到整面墙似乎都在颤抖，生怕再来那么几下，墙会轰然倒塌。

然而妻子睡得像死过去了一样。

他知道床头为什么不断地撞击墙壁。

还能为什么呢？肯定是因为丽丽在隔壁的房间里啊！

但在隔壁房间里的那个男人是谁，他就猜不到了。教授用排除法排除了王福至和大力，接着将副所长也排除掉了。那么就只锁定两个男人了，在剩下的两个男人之间，他再也无法从中断定一个了。丽丽邀请那两个男人跳舞时都拎起裙子行了屈膝礼，一想到这一点他又妒火中烧起来，按丽丽的说法，她那是在"逢场作戏"。

那么现在又是怎么回事呢？又该做何解释呢？

"逢床作戏"吗？

但是他多么希望自己也被那叫丽丽的女子"逢床作戏"地对待对待啊！被"逢场作戏"地对待没有自己的份儿已成铁的事实，却还要在隔壁听到她"逢床作戏"地对待别的男人时不断弄出的响声，这使他不但妒火中烧而且恼火透顶。

可那又有什么用呢？

他只得也起身服了一片安眠药。

第 五 章

翌日，夫妇俩醒来时，已快中午了。双双下楼，但见王福至独坐桌旁，正优哉游哉地饮茶。不消说，饮的是"自家茶"。

"请先别洗漱，都先坐这儿。"

王福至的话说得客客气气的。但客客气气的是他那种语调。至于话本身，使夫妻二人听来像是在对两个孩子说的。

他俩乖乖走过去，也在桌旁坐下了。

"我先不给你们二位倒茶了啊，茶杯什么的还没洗出来呢。咱们先谈正事行不？"

王福至说罢，饮了一口茶。

陶姮点头道："行。"

王福至探手衣内兜，掏出一沓钱，在夫妻二人面前晃晃，扬扬自得地说："看，一千元已经在我手里了。我办事，不忽悠。没有金刚钻儿，哪敢揽瓷器活儿呢！"说罢，将十张百元钞一张张等距排列在桌面上，像扑克牌魔术师准备变魔术那样。陶姮与丈夫互视一眼，不明白他葫芦里装的什么药。

王福至看着夫妇二人又说："那什么，昨天晚上那顿饭，加上买啤酒买唱碟，总共花了二百多元，就算二百整吧。我可纯粹是为了你们才那么张罗的，你们不至于好意思让我出那份儿钱吧？"

他终于改口对两位住客说"你们"了，语气仍挺客气的，敬意嘛也还是有些的，却已没了接待方的荣幸感。

夫妇二人同时点头。

"另外，按我给自己定的规则呢，如果帮谁办成的是钱方面的事，要抽三成业务承包费的。有的事，表面看起来挺容易就办成了，其实是很伤脑筋的，该怎么办，不该怎么办，注意哪些细节，都得考虑得周周到到的。预先忘了向你们声明这一点，现在讲清楚也不晚吧？"

王福至仍目不转睛地看着夫妻二人，表情庄严，看得夫妻二人都怪不好意思的。他俩又点头不止，于是王福至也就又从桌上拿起三百元钱，与另只手中的二百元合在一起，一折，揣入内衣兜了。他将剩下的五百元收拢，用一根手指推向夫妇二人。

"这五百元归你俩了。"

他这时才笑了笑，笑出大功告成的一种意味。

沃克慷慨地说："你真是费了不少心，这五百元也是你的了。"

陶姬附和道："行，行。"

"那多谢了！"

王福至出手极快，一下子将那五百元抓在手里了，但抓钱的手还没完全收回去，却又将钱放下了。

"那不好。"

他的表情又变得庄严了。

陶妲说："我们是诚心诚意的。"

王福至说："我看出你们是诚心诚意的，可我也不能太贪心啊！如果你们根本没收一部分钱，怎么能证明镇派出所确实是把钱退给你们了呢？"

沃克问："你的意思是，我们还得打收条？"

王福至微微一笑："我倒不是那个意思。咱们之间，还需要那麻烦？我想的是，你们只有确实收下了一部分钱，才能证明那事是由镇派出所还了清白了。不管什么时候，在什么地方，说起来都理直气壮。沃克先生，你呢，说不定将来能当美国总统呢！陶女士，你也不定哪天忽然打算竞选议员啊！那时候，万一有你们美国的报纸把你们在中国遇到的这点儿不高兴给翻扯出来，你们不是也好正面回应吗？"

陶妲忍不住扑哧笑了，说，当那些得是对美国有特别大的使命感、责任感的人。我们两口子都对美国没那么大的使命感和责任感，也没那么大的能力，所以从没产生过竞选那些的怪想法。大学教授当得感觉挺好的，干吗非自找着受那份儿折腾呢？

沃克急忙说，那事情也千万别传到美国去！一旦传到美国去，自己在大学里的形象肯定还是会受到影响的。

王福至笑道："可不嘛，现在，网络这东西，真真假假、假假真真的，把些事从一个国家传到另一个国家去，太简单、太容易了啊。就我这样的农民，闲着没事的时候，还骑上摩托，逛到镇里，在网吧中泡几个小时呢。我前天坐别人的车到镇上去，那是因为摩托出了毛病。要不，也遇不上你们二位了。人和人，还真得信几分缘分。"

他东一句西一句的，虽然说得散漫，却还是使夫妻二人听得不安起来。他们都看出，他笑得多少有点儿坏。

沃克盯着他问："你不会那么干吧？"

陶姮也不由得随之发问："是啊是啊，你能保证镇派出所的人也不会那么干吧？"

王福至见夫妻二人确实有些不安，正色道："那怎么会呢？我如果那么干，我还算个人吗？做人也不能那么不地道啊！镇派出所的人也绝对不会那么干的，这一点我百分之百地保证。所长和副所长你们都见到了，人家都是讲义气的人。再说，不是还有我小姨子嘛！敢那么干的人，不等于成心得罪我小姨子嘛！我小姨子那可不是好得罪的，连所长、副所长有时还得让她三分呢！我刚才的话只不过是这么个意思——你们收下一部分钱，才更能证明镇派出所还你们清白了，心气儿从此自然就顺了。而我如果全独吞了，你们心里结下的疙瘩还是没彻底解开呀。我哪能那么办事呢，快把钱收了，收了！"

王福至的话说得实在、虔诚，陶姮便默默将剩在桌面上的五百元揣了起来。并且，她对王福至肃然起敬了。

王福至问："我承诺替你们摆平的第一件事，这么着就算摆平了，是不是？"

陶姮率先点头，沃克随之点了点头。

王福至话题一转："那，咱们现在就讨论第二件事？"

陶姮心中一惊："第二件事？还不算完？还得怎么样？"

王福至又笑了："我指的是你还愿的事。我办事的能力、原则，你们夫妇二人都有个初步的认识了。要是真信得过我呢，我愿意接着替你们服务，而且保证服务得令你们满意。第二件事比第一件事复杂啊同志们！你当年的陶老师现如今情况如何？他愿意接受你的道歉不？他已经是一个精神病人，一时明白一时糊涂的，所以还得看他的亲人朋友们对道歉这件事的态度怎么样是不是？这得先进行一番暗中了解对不对？对记仇的人，还得做思想工作对不对？一切都你们自己亲自出面，不那么方便吧？"

陶姐认为他说的有道理，点点头。灵机一动，忽然问："要是依靠组织呢？那是不是显得我们更郑重一些呢？"

王福至直眨巴眼睛，看去完全不明白陶姐的话。

陶姐解释道："尚仁村那么大个村子，肯定还有党支部吧？我不是不信任你的能力，对于你办事的认真态度也有好感。但如果通过党支部，你说的那些事，是不是会更顺利点儿？"

王福至打鼻孔里嗤出了一声，大不以为然地说："党支部当然还是有的啰！人家支书家自己办起了茶叶加工厂，买了辆小车，整天忙碌自家的事，哪儿有精力管你这种事？六七个党员都分散在全国各地打工呢！我们这村也如此。村村的情况都差不多。就你那事还想依靠党的组织？亏你能寻思得出来！"

王福至说完他的话，又嗤了一声。他的话，尤其一头一尾的两次嗤声，令陶姐甚觉尴尬。

沃克及时替妻子搭台阶，表情也颇庄严地问："要是依靠你，你收多少服务费？"

王福至掏心掏肺地说："我为的不是钱，是一份儿成就感！办成了，你们看着给。办不成，一分不要！但我可以给你们一个保证——你们如果依靠我，肯定比你们依靠组织顺利得多，省心得多！再者说了，我也是有二十来年党龄的党员，依靠我也差不多就等于依靠党嘛！实话实说，党的种种教育，十之七八我都忘了！但共产党员最讲'认真'二字，我王福至是直到今天也牢记不忘的。这么着，交给我办还是不交给我办，你俩商量商量，半点钟后给我个回话！"

他言罢起身，走到院子里去煞有介事地扫起院子来。

陶姈愣了片刻，扭头问丈夫："你的感觉呢？"

沃克说："我心里的疙瘩松了一点儿，但还是没有完全解开。他们一句承认他们偏听偏信的道歉话都没说，和我的希望差距太大了！"

陶姈白他一眼，挖苦地说："你那件事的结果已经很不错了，别忘了你现在是在中国。我问的是我的事。"

沃克也不无挖苦意味地说："我自己的事我都做不了主，一切听你的，你那件事更得你说了算了。你怎么决定我都没意见。"

"你这话等于我白问了。"

陶姈不满地撇下一句，起身走到院子里去了。王福至看见她，挂着扫把，很失望地说："还不到半点钟，这么快就决定了？"

显然，他以为将要听到的是否定他的话。

陶姈说："我们谁也不依靠，就依靠你了。"

"这就对了嘛！"王福至顿时眉开眼笑，紧接着又说："进屋，喝茶去！"

陶姈和丈夫都不饿，倒也乐得陪着王福至喝茶。王福至高兴，话更加多。而且一再将存在自己手机上的某些"段子"传到夫妇二人的手机上，便也一再令他俩看得笑将起来。陶姈说太想不到了，连农民也受中国手机段子文化的影响了！王福至说我不是不一样的中国农民嘛！沃克就问他：你觉得自己和其他中国农民有什么不一样？王福至骄傲地回答他是一个"与时俱进"的农民。用城里人的话说，也是一个"智慧型"的农民。他说他每月出一百元钱，向镇中学的一名穷困高中生买十条最新流行的短信，红色的、黄色的、浅黄色的、五颜六色的，什么颜色的都行，然后由他自己经过筛选，分成"精品""极品"两类，再发给镇派出所的所长、副所长们………

陶姐吃了一惊，说那你一年花在这方面的钱不就一千多元了吗？！

他说，是啊是啊，那点儿钱，该花就得花。

陶姐和丈夫听得瞠目结舌，二人互视一眼，沃克忍不住问：可你为什么非要把一千多元花在那方面呢？觉得值吗？

王福至说怎么不值呢？太值了啊！一来，帮了那名穷学生，也是一种慈善行为呀。如果每月白给对方一百元钱，那叫"资助"。现在的孩子自尊心强，人家还未必愿意每月接受区区一百元的"资助"呢！而"自由交易"，对人家那孩子，不就有点儿"勤工俭学"的色彩了吗？他笑盈盈地说，对他自己的好处是，通过转发那些"极品"的、"精品"的"段子"，加强了他和所长、副所长们的关系。他说自己一个男人，不能只靠小姨子这唯一的纽带和对方们加强关系，总得建立一种和对方们更直接的关系纽带啊！说穿警服的那也是人啊，该开心也得有开心的时候啊！现在对他们的警风警纪要求特严，再像从前那么涉足某些娱乐场所风险很大，弄不好会被扒下警服的。所以呢，收到一条有意思的短信，自己看着是个乐子。互相转发一下，是个共同的乐子……

"看，比如这条，有意思吧？看最后，所长给我留了这么一句话——福至老弟，喜欢，谢谢！一条'段子'能使人家说'喜欢'，还说'谢谢'，我这个月的一百元就花得值！别说我一个农民了，就是你们二位，给你们一百元，让你们去使他说'喜欢'、说'谢谢'，估计你们想到脑仁儿疼也想不出办法来！人家毕竟科级，让人家高兴那也不是一件容易的事。对不对？"

陶妲连说："对，对。"

但那条"段子"却令她很不快，因为是一条丑化大学教授们的黄段子。她看出丈夫的情绪倒没受什么影响，一手拿自己的手机，一手拿王福至的手机，挺欣赏地将那条"段子"传到自己手机上了。

王福至看出了陶妲的表情有点儿不自然，笑道："你还在乎啊？你看你丈夫多好，人家就不在乎。你得向人家学习。"

"他是他，我是我。"

陶妲的表情更加不自然了。

"我发给他们的'段子'，总不能是讽刺当官的吧？更不能是作践他们穿警服的呀，那不都成了政治感情问题？所以呢，一般只发黄的。偶尔呢，也发几条作践知识分子和文化人的，后种他们最欢迎。转发率高。他们也会转发给他们的朋友包括他们的上级。当然那上级，也不能是比他们大好几级的官，那显得下级太放肆了。只能发给比自己大那么一级半级的上级，还得是不反感自己的。啪，一个'段子'发过去了，那样的上级看后乐了，不回短信表达表达自己的快乐才怪呢！那不是证明他自己太没人情味儿也太没幽默感了吗？要不就证明他太假正经了呗！谁的上级一开始给谁回短信了，一来二去，不显山不露水的，不就为良好的上下级关系做了铺垫吗？

逢年过节的,发个短信给上级请请安、拜拜年,不就也是一件有资格的事了吗?官场上,哪个甘于落后呀?谁不是比着要把工作做好呢?都干得不错,提拔这个,始终没提拔那个,不是也得看谁和领导的关系走得近便吗?在从前,谁过年过节登上级领导的家门上级领导挺欢迎,和今天谁给上级领导发个'段子'能使上级领导看了乐一阵子,那是同一种人情世故。从前逢年过节的互相拜年,越拜关系越铁、圈子越大。现在发手机'段子'也是这样嘛,越发也越有感情,人际资源的圈子也越大嘛!所长他们通过发'段子'和他们的上级关系越来越良好了,那他们好意思忘了我这个不断提供给他们'段子'的人吗?"

沃克听王福至说到这儿,忍不住指点着他道:"你,伟大!农民思想家!"还转脸问陶姐:"他怎么这么聪明啊?我太服气他了!"

陶姐说:"你别打断人家,我看他还有更精彩的要讲呢!"

王福至享受到了被刮目相看的极大满足,于是眉飞色舞起来。他说等他资金充足了,要注册一家培训中心,专招考不上大学的农家儿女,培养他们整天编"段子",要让中国独具特色的"农民段子"传遍大江南北、长城内外!还要译成世界各国的语言文字,让中国的"农民段子"红透全世界!

"中国有八亿多农民,是吧?编'段子'有什么难的呀?从前的中国农民,在田间、在炕头、在房檐下、在小饭桌上,最喜欢讲荤事了!要是把八亿多中国农民这方面的智慧调动起来,那得有多大的文化创造力!现在不是总提要发展文化软实力吗?八亿多中国农民中绝对具有这种文化软实力!八亿多啊!比大油田还宝贵的软实力啊!谁把它给开发出来了,把它给规模化了、产业化了,最后把它给一手垄断了，谁不就成了中国的比尔·盖茨了吗？哎，你们两口子说，是不是？"

王福至亢奋地说着，说得嘴角出现了唾沫，嗓子都快哑了。他面前的那部分桌面上，已然快落了一层细密的唾沫星子。陶姐和沃克直往后仰身躲他的唾沫星子，那他也不管。

陶姐只得亲近相称地打断他道："福至，歇会儿再说，喝口茶。"

沃克起身替他往杯里续了些水。

他听话地连喝了几大口茶，抹抹嘴角，看看陶姐又看看沃克，突然问："你们投不投资？"

陶姐一愣，反问："投什么资呀？"

王福至满怀希望，两眼熠熠闪光地说："中国农民段子培训中心啊！刚成立的时候肯定只能叫'中心'的，以后渐渐发展壮大了，当然要叫基地的。再以后，应该叫'中国农民段子华莱坞'，'华莱坞'听着怎么样？我想了好几个晚上才灵机一动想出来的！到那时，当然应该在国内国外都上市了……"

陶姐笑道："多谢你好意了。可你千万别以为美国教授都很有钱。尽管我俩都是教授，其实也没多少存款。以前我俩的工资几乎都用来还贷了，去年才将房贷还清……"

沃克刚欲开口说什么，陶姐使劲儿踩了他的脚一下；他干咳一声，只有点头的份儿了。

王福至有所觉察，立刻又说："我开玩笑，开玩笑，你们别当真。互相之间才有点儿了解，哪儿能就对你们寄托那么大的希望呢！"

陶姐有意扭转话题，问："你们昨晚又唱又跳的，附近人家没意见啊？"

王福至说："意见嘛，起先肯定是有的了。一见我，都不拿好眼色瞪我。还有的，指桑骂槐地骂我。后来经过一件事的教育，对我的态度全转变了，把我当成人物看了，又都有点儿巴结我了。"

陶姐和丈夫不禁同时"唔"了一声，她追问："那是件什么事呢？"

王福至说，这村上有户人家，辛辛苦苦靠全家人打工攒了点儿钱，想在镇上开家小卖店，租了不小一间屋，签了五年的合同，交了三四万预付款，又花不少钱里里外外装修一新，可营业执照却办不下来。起先工商部门说没问题，可以批。真要开张了，又说那间屋是非门面房，根本不能批了。急得那家人集体上吊的心都有了，上天无梯、入地无门的情况下，当家人哭唧唧地求到了他头上，问他有没有什么办法。他答应尽力而为，帮帮看。不久，由镇派出所所长亲自出面通融，执照给批下来了，还没再多花一分钱，没再送一份礼。那户人家自然感恩不尽，而事情，也一传十、十传百地传开了，连别的村都知道，这村有个善于替人办成难事的"大能人"王福至了……

"现而今他们的态度变成了这样，如果派出所的车好久没开到我家院门前了，都反倒要关心地问：我和派出所的关系是不是还好着呢？我就总说，只能更好，不会不好啊！我小姨子在镇派出所当警员，关系不好了她也不答应啊！我这么说，他们才放心。因为村里有我，全村的人沾光，别村的人对我们村的人，那都得处处礼让三分。所长、副所长，也高兴在我小姨子的陪同下，每个月到我这儿来放松一两次。无非就是喝喝酒、唱唱歌、跳跳舞、摆摆龙门阵嘛！在镇上那样，影响不好，也许还会有那讨厌的人举报。在我这儿，愿意胡闹一夜那就胡闹一夜吧，闹出花儿来也不会有人举报啊！

何况他们每次来，还自带着好多吃的喝的。他们自己才能吃多少喝多少？抬屁股一走，还不都留给我了？你们猜，我最想成为一个什么样的人？"

这自我感觉极好的农民，似乎喝的不是茶，而是酒。又似乎，有几分醉了，醉于那种极好的自我感觉和远大抱负。

不待陶妲开口，沃克抢先问："什么样的人？"

王福至语调缓慢地说："'及时雨'宋江。"

沃克表现欲很强地说："《水浒》我读过好几遍，还研究过宋江这个人物。'文化大革命'时期，他可是被批判成投降派的！"

王福至的鼻孔就又嗤出了一声，有点儿恼火地说："'文化大革命'是错误的！"听来，仿佛宋江不是一个虚构的人物，而是他的先祖。

沃克辩论似的说："宋江仗义疏财，帮助别人不收回扣。"

王福至非但没生气，反倒笑了，说："我不是没有什么财可疏嘛！我的事业刚起步，还处在原始积累阶段，现在不能对我要求太高啊！"

沃克还想说什么，陶妲又踩了他脚一下。

她问："福至，对你的打算，你妻子支持吗？"

这一次她不是有意扭转话题，而是真的产生了解的心念了。

不知为什么，王福至脸红了。

陶妲赶紧又说："问得冒昧啊，如果不便说，就当我没问。"

王福至窘窘地一笑："有什么冒昧的呢，我也没什么不便说的。我那口子对我的打算，谈不上支持或者反对。她对我是无为而治。"

转脸问沃克："无为而治懂不懂？"

沃克刚欲开口，陶妲抢着替他说："他懂。他的中文水平相当于国内的中文大一学生。"

王福至又笑道："见笑了，那比我水平高。要说我那口子，年轻时比我小姨子还漂亮！正因为漂亮，交上了好运……"

接着，他大谈起他老婆来。他说90年代初，他俩结婚不久，因为盖新房借了不少钱，还没享受几天小日子的新鲜劲儿呢，就有人登门催着还债了。门上贴的大喜字还红艳艳的哪，小两口心里的愁字比喜字还大。俩人一合计，靠种几亩薄地，哪辈子能还清借的一笔笔钱啊。于是呢，相互依依不舍地各自背井离乡，分头到不同的城市里打工挣钱去了。未满三个月，他打工不顺，过不下去那种得习惯于处处忍气吞声的日子，落荒而逃似的回到了村里。妻子却幸运得多，在省城一家宾馆当上了服务员。虽然工资低微，但管吃管住，每月还是能存下点儿钱的。一年后，省城开"两会"，宾馆里住满了"两会"代表。代表中有一位是离休的副省长，觉得她服务周到，善解人意，"两会"结束时便将她领回家去，于是呢她一摇身就变成了副省长家的"阿姨"。副省长的老伴死了，儿女又都在国外，照顾好副省长也就是尽了"阿姨"的职了。他儿女们从国外回来探望他，见父亲被照顾得白白胖胖的，整天乐乐呵呵的，对她感激得不得了，都说父亲太有福气了，由你这么好的"阿姨"照顾他老人家，我们在国外太省心了！那一儿一女的感激可不只是嘴上说说而已，还大方地送给她种种从国外带回的东西。做女儿的，甚至将项链都从脖子上取下戴在她脖子上了。他们离开中国前，还交给了她一个存折，其上以她的名字存上了一千元钱。90年代初，一千元那是一个大数目啊！农村的新媳妇也是不负众望的，正所谓你敬我一尺，我敬你一丈，情义无价。两年后做父亲的患了癌症，当"阿姨"的更加服侍得无微不至。他临终前亲笔修书一封，将她介绍到了自己在北京的老首长家。而她替他的儿女尽了最后的孝心，守在病床前直至他撒手人寰。他那一儿一女，只不过回国参加了他的追悼会。之后她告别了省城，去了北京，至今已十六七年矣……

"我那口子，谱大了。不是她自己喜欢摆谱，再怎么论，也只不过是一位老革命家里的阿姨，自己想摆谱，那也摆不起来呀是不是？她倒是很有自知之明，可每次回来探亲，低调都低不成的。真是那样！一出省城机场，有人举牌子接在那儿了，往往还是两个人，一个开车的，一个护送的。哪方面出的车她都不知道，也从不问。小车一开到县里，县里也早有人和车候着了。像交货似的，交接了，她再坐县里的车回家……"

王福至讲到此处，收住话头，喝口茶，笑问："那待遇可以吧？"

陶妞和丈夫一齐点头。

但陶妞觉得，他那笑成分挺复杂，除了引以为荣，似乎还有那么点儿酸。她瞟一眼丈夫，相信丈夫也看出来了。

"你们不要以为我这人的分量，只不过是在些农民眼里才有斤两的！县里有些官场上的人，那是知道我们这个村有我这么一个人物的。省里有些官场上的人肯定也知道。该知道的不知道，有人会告诉他们，使他们知道。倒是我蒙在鼓里，不知道他们都是些什么人。不过即使知道，我也不会因为什么事去麻烦他们。人要活得有志气，我要靠自己的能力证明自己不是一个普通农民。再说，我一向本本分分地做人，自己也摊不上什么麻烦事。求我的人，也都是农民。他们的事，我启动一下镇上的关系，一般也就能替他们摆平了……"

王福至觉得只喝茶不足以助谈兴了，点着了一支烟。

沃克见他吸的是"中华"，也讨了一支吸。

陶姮问："你经常吸'中华'？"

"那我哪儿吸得起！有时候为别人排忧解难了，别人送一条。有时候所长他们来了，临走也会扔下几盒。基本上我已经不必买烟吸买酒喝了。"

王福至笑得很矜持，不酸了。

陶姮又问："那，你媳妇，她当了十六七年阿姨，还没当够？"

王福至沉吟着说："她倒是跟我讲过几次，说她当够了。可当够了也得当下去啊！人家那老革命一家三代，都和她处出感情来了，不肯放她走哇。人家拿她当家庭成员看待了，每月给三千多元钱，能说走一抬脚就走吗？去年，帮着把八十几岁的老夫人发送了，估计九十多岁的老革命家也挺不了太久了。再帮着把那老革命家送了终，大约嘛，那时她就该回来陪陪我了。不过也说不准。我觉得她喜欢上北京了，回来也没法儿再过惯农村生活了。好在她那儿存下了一笔钱，够我俩后半辈子花用的了。也许呢，她会在县城买处房，供我俩县城农村两边轮着住住……"

"你俩有孩子吗？"

陶姮的话问得像一位采访记者或访谈节目主持人。问完自责地笑了一下，又说："看我这是怎么了，什么都问，真不好。"

沃克也对王福至说："你别见怪。女人总是特别关心女人的事，孩子在夫妻关系中并不……"

他忽然想到了他们夫妻失去的可爱的女儿，将"重要"二字咽下去了。

陶姮却分明猜测到了他没说出口的是两个什么字，表情顿时一惬。

王福至却口吻极友好地说："问我有没有孩子怎么了？那有什么不可以问的呢！聊天嘛，增进互相的了解嘛！你们想啊，我俩长年分居，她还一年到头住在别人家里，怎么能要孩子呢？真有了孩子，谁带大呀？总而言之，这对我俩可是重大损失！"

陶姮赶紧安慰道："以你俩现在的年龄，过两年再要孩子也来得及。"

她问他有没有孩子时，其实还没想到他们不幸夭亡的女儿。这会儿想到了，内心悲伤起来。进而想到了自己的病，结果也开始自怜了。

王福至说："是啊是啊，不过那也得抓紧。这我俩决定不了，得看那老革命……"

他意识到话说得不得体，掩饰地用烟堵住了嘴。

沃克轻轻一拍桌子，接着举起那只手，按捺不住地说："我要求正式发言！"

陶姮和王福至看着他，一时都忍俊不禁。

他又拍一下王福至的肩，大为叹息地说："你说你媳妇漂亮，漂亮的媳妇你还让她离你那么远！损失的不仅是没有孩子，还有性！连我都替你遗憾！对这么严肃的问题，你得有所认识！否则你是不可救药的一个男人！"

陶姮瞪着丈夫说："你这是发的什么言！不管什么话都往外冒，讨厌不讨厌啊你？"

王福至说："别限制他。我这儿是个言论自由的地方，让他一吐为快。"

沃克说："发言完毕。"

他一口喝下了半杯茶水。

王福至也重重地拍了他的肩一下，大声说："还是男人更理解男人的苦处！你说的是我没好意思说出的话！这十六七年来，我心里憋屈的正是你说的那事！给，再陪我吸一支……"

于是二人又都吸起了烟。

王福至仰起头，向空中吐出一缕烟，却又深思熟虑地说出一番自我安慰的话："但是呢，有时也得这么想，在从前，两地分居的中国人那多了去了，其中有身份的人也不少，国家规定的探亲假，一年不才十二天吗？我那口子每年可是回来多次，每次都住半个多月。现在那些进城打工的农民夫妻，一年也不见得有更多的日子能在一起啊！所以嘛，我也不该太抱怨什么。凡事，有一得，必有一失。把得失关系看透了，心里也就平衡了。人在世上，活得心理平衡点儿，只有好处，没有坏处……"

听来，他的话仿佛是对沃克进行的一次人生观教育，沃克不停地眨着蓝眼睛，被"教育"得一愣一愣的。

陶姐却很有同感，连说："对的。对着呢。你能这么来想，那是正确的。"

话一说完，她又暗自奇怪——怎么自己在美国生活了三十来年，嫁给一位美国丈夫二十多年，成为美国大学里的教授也十好几年了，听丈夫的话和一个中国农民的话时，认同感还是会更倾向于一个中国农民呢？尽管她对于他那种抱负不以为然，对于他要做现代的"及时雨"宋江的话，也只不过左耳朵听右耳朵冒，但对于他那些关于人情世故的看法和分析，确实还是有几分佩服的。一个想要在中国活得如鱼得水的中国人，不深谙那些还成？她觉得，比起自己小时候在各个农村见到的那些农民，眼前的王福至终究还是有些可爱之处的。起码，他不至于一经唆使就抄起镐来刨弱者的祖坟了，肯定也是不会怂恿别人那么干的。他无非想要通过自己的精明和关系网，过上一种好生活，实现一种能使自己获得成就感的人生价值而已。

陶姮内心交织着以上念头的同时，竟顺嘴问出了一句话："在对你自己没有任何好处的情况下，你不会刨别人的祖坟吧？"

王福至正要往烟灰缸里弹烟灰，结果那只手僵在烟灰缸上方，忘了弹一下了。

沃克也一时目瞪口呆地看着陶姮。

陶姮立刻意识到自己犯傻了，赶紧解释："对不起，我不该问你这么无礼的话，我道歉。刚才脑子一乱，想到别的事上去了。"

王福至却涨红了脸，使劲儿摁灭那支烟，将那支没吸几口的烟都弄断了。他根本不相信她的解释，认为她必然还对他的为人心存不好的印象，否则不会问出那么不像话的话。他显得很激动，双唇颤抖，分明是感到被当面羞辱了。

"您必须把话说清楚！我究竟哪一点做得不对，您指出，也要给我解释的权利！否则，您的第二件事我不承办了！如果您对我的看法那么不好，我还能替您把您的事办好吗？"

他不依不饶，逼着陶姮非交代出她内心里对他的真实看法不可。

无奈之下，陶姮讲起了自己十三岁跟随父母到尚仁村后发生的事。说到了村人们怎么样一哄而上刨了她外祖父外祖母的坟，又怎么样将她外祖父外祖母的骨骸东一锨西一锨扬得哪儿哪儿都是；也说到了之后陶老师站在临时搭起的台子上，怎么样手指着她的父母气势汹汹地批判，以及他为什么连在作业和考试分数上都不公正地对待她……

她说得特平静，如同做一天和尚撞一天钟的历史老师在上课。

沃克却早已坐不住了，站起来绕着桌子转圈走，待她沉默了，挥舞着手臂大声说："你从没对我讲过那些事！为什么？！"

他受了欺骗似的，仿佛那些早年间的事是像婚前财产和性经历一样也应该坦诚相告的。

"我又为什么非对你讲不可呢？"

陶姮问得也相当平静，对丈夫的激动大不以为然。

王福至却不再激动了，变得像陶姮一样平静了，仰起头看了一会儿屋顶，又开始望着陶姮的时候才语调缓慢地说："那年月我还太小，对那些事一点儿感受都没有。只记得那时候家家都很穷，顿顿吃不饱，大人们常开会，村里经常发生热闹……如果我那时候已经是大人了，谁给我一点儿好处，说不定我也会参与着那么干……"

沃克正站在他对面，不拿好眼色瞪他。

他还说："真的。"

陶姮说："那些人其实一点儿好处也没获得。"

他说："那就都不是人了，也只能这么解释。"手指点了几下桌子，又说："可我不明白了，陶老师当年对你父母和你的所作所为，比你对不起他那点儿事更伤天害理，对不起，我不该拿你做的事和他做的事相比。你当时是孩子，你起初不是成心的，后来是因为害怕。总而言之我的意思是，你们师生之间的事当年算是扯平了，那你还从美国回来赎的什么罪、还的什么愿呢？你不是多此一举、无事生非吗？"

陶姐说："可是他后来疯了。"

王福至说："那也不能赖在你身上，是因为当年一些嫉妒他的人借故往狠里整他。"

沃克说："对。"

陶姐说："如果不是因为我当年的做法，嫉妒他的人就没了往狠里整他的机会。"

王福至说："那可不一定。一些人要是非想狠整一个人，今天没机会，明天还有机会。这件事成不了机会，那件事也许就成了机会。"

沃克又说："对。"

王福至紧接着说："我的意思是，你那第二件事，干脆拉他妈的倒！太犯不着。你那头拉倒了，我这头的精神压力也没了。第一件事我帮得挺到位，你俩比较满意，咱们就此打住最好。老实说，第二件事办起来麻烦一定不少。"

沃克朝他一指，立场鲜明地说："我支持你！"

陶姐看都不看丈夫一眼，坚定地说："第二件事也非办不可。"

沃克耸耸肩道："你怎么这么不听劝？"

陶姐还不看他，盯着王福至说："我可全靠你了！"

王福至刚要说什么，他手机响了，掏出手机看一眼，起身道："是我那口子。"言罢，走到院子里去了。

院子里的王福至，不但对着手机说话，还不停地嘬手机，如同在和女人亲嘴儿。

陶姐将脸一转，不隔窗望他了。

沃克却不眨眼地望着，还加以评论："看，这就是妻子离得远造成的问题，肯定不是他老婆！"

陶姐又一转脸，看着他说："妻子近在身边就不存在那种问题了？"

沃克愣了愣，红着脸说："我和丽丽之间什么事都没有。"

陶姐讥道："你这不是此地无银三百两吗？"

王福至进到屋里来了，表白道："你们二位别乱猜啊，真是我那口子，她让我往北京寄茶。我对我老婆很忠，从没打过野食！有那心也不敢有那胆啊！她妹妹替她经常监视着我呢！可她那边对我忠不忠，就没谁替我监视着点儿了。这世上有多少事又是公道的呢？"

三人各怀心事，表情一时都不自然了。

后院那条藏獒突然吼起来，挣得链子哗啦哗啦响。

王福至一拍脑门儿，慌慌地说："早上都忘了喂它了，发威了。我先把那位爷侍候好了，立马就为咱们做午饭！"

陶姐说："不急。你先忙你的。"

她说完上楼去了。

沃克犹犹豫豫地也跟上了两阶楼梯，却又退了下来，帮着王福至往狗食盆里弄骨头，拌狗粮。

他边抢着做边说："你再劝劝我那口子。"

王福至说："你是她丈夫她都不听你的，能听我的吗？"

沃克就郁闷地长叹……

第 六 章

接下来的两天里，王福至着实很投入地为陶妲委办的第二件事忙开了。他修好了摩托，每天骑着早出晚归的。一回来，顾不上喝一口吃一口，先向陶妲汇报。吃罢晚饭，又向她详细地再汇报一番，并提供他认为应该予以考虑的情况、耳闻而未来得及核实的情况，以便陶妲做出下一步打算或决定。她说什么想法时，他不但听得极为认真，还往小本上记录，像下级记录上级的当面指示那样。

陶妲对他满意极了，每每当面感慨自己能遇上他真是幸运。她这么表达对他的信任和办事能力的好评价时，他则总是红了脸谦虚地说："哪里哪里，能为你们夫妇服务，那才是我莫大的荣幸。在我的人生和事业发展历程中，这可是值得一吹的。将来我的事业真成功了，更是要载入史册的。"

实际上两天来他都是独自吃的晚饭。因为他回来得太晚，陶妲和丈夫等不及，只得先做来吃。他俩早饭吃得晚，中午都不吃。有一天王福至中午也回来了一次，家里却没什么可吃的东西，只得饿着肚子骑上摩托又走了。

这令夫妇二人大为过意不去。

王福至也很过意不去，说自己不能为客人做饭吃，晚上回来还吃客人做的现成饭，太惭愧了！

两天来的晚饭，一顿是陶姐做的，一顿是沃克做的。陶姐做的，不但沃克爱吃，王福至也很爱吃。而沃克做的，不但陶姐觉得饭菜都难以下咽，沃克自己也没吃几口。王福至回到家里，打开冰箱看看，连热也不热，找个"买烟"的借口，跨上摩托噜一下冲出了院子，再回来时打着饱嗝儿、衔着牙签儿。陶姐不愿浪费，从冰箱取出剩菜剩饭，要去喂狗。

王福至不直说狗才不会吃，却笑道："你别去喂，它跟你还不熟，看咬着你！"

沃克自告奋勇："要喂也得我去喂。它开始接受我了。"

确实，两天里有成就感的不只王福至一个人，沃克也有。他替王福至喂了那藏獒两天，藏獒允许他靠近了。然而他未免还是太过自作多情了，那大狗嗅了嗅他倒在狗食盆里的东西，一爪子将狗食盆挑翻了。

这两天陶姐倒过得怪闲适的，更多的时候是关了手机躺在床上看自己随身带的几本英文书，看倦了就睡，睡醒了就在村子里到处走。村子里的农舍倒几乎全是或新或旧的小楼了，但寂静静的，像是无人村。偶尔见着的，也是老人和孩子的身影。但陶姐倒挺喜欢那种寂静，觉得像是在度假。对于王福至家的厕所，表现得也不像丈夫那么难以适应。

她内心隐藏着一个很大的谜团，那就是自从离开美国，她的背就再没疼过。按美国医生的说法，她的肩背疼是胃癌病灶区反射间接造成的。可为什么肩背又不疼了呢？难道癌细胞转移到别处去了？她已对生死比较想得开了，对癌症自然也就差不多持一种泰然处之的态度了。转移没转移的，转移到哪儿去了，都不怎么在乎了，只不过奇怪而已。她一心只想快点儿将第二件事也办完了，快点儿回到美国去，在自己家里而不是在医院里安安静静地死去。如果竟可以像目前这样毫无痛苦地死去，那么她简直认为死亡并非是一件多么可怕的事了。第二件事？她回国的目的明明只有一个，丈夫那件事是节外生枝生出来的。由丈夫那件事，自然联想到了丽丽。丈夫和丽丽，或反过来说丽丽和丈夫之间，虽并没发生什么令她忍无可忍的暧昧，但她内心里毕竟还是非常不快。尽管丽丽留给她的印象挺深也挺好，尽管主要是丈夫被丽丽所吸引，她还是觉得丽丽也有一定的责任。她几次想开口告诉丈夫自己已经患上了胃癌，而且是晚期了，却每一次都忍住了。

王福至的汇报，使她掌握了如下情况：

陶老师目前住在县民政局办的精神病院里。医疗费由社保负担一部分，民政局再由慈善基金出一部分，他自己负担一小部分——是他的退休金的一半左右。"四人帮"被粉碎以后，尚仁村中学"革命委员会"的成员中，大部分被定性为"三种人"，即在"文革"时期有政治劣迹的人。陶老师的事也很快就作为一件冤案平反了，不久就恢复了教师资格。他是在又当了一年多老师后才逐渐被发觉精神不正常的。所以他极幸运地一直享受着教师那份退休金。因为他是从师范学院正式毕业的，退休教师涨工资时他的退休金也随着涨……

这一情况使陶妲减少了几分罪过感。

陶老师的儿子目前成了县重点中学的语文老师，一家三口在县城里的生活过得还不错。陶老师的女儿嫁给了尚仁村的一个农民，丈夫兄弟姐妹多，家家户户的日子都过得不太好。一个嫂子死了，哥哥至今仍是二茬子光棍，而且还经常酗酒。一个妹妹离婚了，妇道名声也不怎么样……现在陶老师的女儿也离婚了。

这情况使陶妲喜忧参半。为陶老师的儿子也算是中国的脱贫人口之一户而喜，为陶老师的女儿婚姻失败而忧。

陶妲夫妻住到王家的第五天上午，王福至从外边开进院里一辆卧车，说是"奔驰"。

沃克绕着车细看一阵，点头说确实是辆"奔驰"，但款式太老了，是美国70年代的原装车。

王福至说是向朋友借的。

陶妲也绕车细看，还弯下腰从升起一半玻璃的左前窗往车内瞧了一眼。那"奔驰"里里外外遍布灰尘，前座后座之间结着残破的半张蜘蛛网——仿佛原先一直存放在没有顶盖且无人看管的废弃仓库里。

陶妲问，你向什么朋友借来的呀？

王福至第一次在她面前变得吞吞吐吐，不愿实话实说了。

陶妲又问，你借这么一辆脏兮兮的破车干什么呢？

双手油污的王福至一边掀开车前盖一边说，下午好拉上你们夫妇二人到尚仁村去与陶老师的亲戚会晤呀！

陶妲一听急了，板起脸说，福至，今天下午的事你可没跟我提过一句，我完全没有思想准备啊！

王福至说，是吗？想想又说，那是我忘了，心思全在这辆车上了！

陶姐说，尚仁村不远，就是下午非去不可，也不必坐这么一辆破老爷车去呀！借辆自行车，你骑摩托带我，沃克骑自行车，不就去了吗？就是走去也行啊！

王福至说，走去可不行！骑着摩托和自行车去也不行！该讲的派，那还得讲。你们不了解农村人，我了解。他们要是觉得你们够不上是人物，就会根本不拿你们当回事。他们一小瞧你们，你们的愿就不好还了……

沃克也困惑地说，那为什么不包辆出租呢？租别人一辆干净的车也行啊。租金我们出就是了嘛！

王福至说，镇上哪儿有出租车呢？包出租车得到县城里去包。干净的车倒也不难租到，可都是小模小样的车，好歹这是辆"奔驰"！

他说着，扔下手中的油线团进屋去了。

站在"奔驰"左右的陶姐和丈夫，一时间大眼瞪小眼，都不知说什么好。

片刻，王福至从屋里拽出一长条塑料管，指使沃克进屋去开水龙头。沃克将水量开得过大，王福至又正掐紧着塑料管口；一股水突然从管口四射而出，溅湿了他的头脸和衣服，也溅了陶姐一身……

陶姐只得上楼去换衣服。

等她从楼上下来时，但见持塑料管的已换成她丈夫了，而王福至则脱去了衣服，只着裤衩，手拿一大块泡沫，命沃克将水柱往这儿射，往那儿射……

看着王福至那种忙得忘我的劲头，想想他都是为了她的事，陶妲一句责备的话也不忍再说了。何况，丈夫分明在充当着那身为中国共产党党员并且自认为最讲"认真"二字的农民的助手；责备王福至也等于在批评丈夫，陶妲决定顺其自然，一切跟着那农民的感觉走。

沃克的衣服也湿了。他也像王福至一样，脱得只着裤衩了。陶妲蹲在楼门口那儿，呆呆望着他俩冲洗那辆灰头土脸的"奔驰"。二人忙了半天才将那辆车冲洗出了本色，那本色早已全无光泽，像病痨之人的皮肤。王福至又从屋里拎出工具箱，沃克顿时情绪倍增。那美国佬业余时间最喜欢干的事之一就是修理别人出了毛病的汽车，并且拥有美国汽车维修行业工会颁发的资格证书。于是，轮到王福至诚心诚意当她丈夫的助手了。望着丈夫在掀起盖子的车头前，一会儿伸着毛茸茸的长臂猿般的手臂要扳子，一会儿要钳子，陶妲因下午将要坐入那辆"奔驰"里的恐慌消失了。

她听到王福至好强地说："你能修好的地方，我也能修好。"

也听到丈夫好大喜功地说："转发手机'段子'，你行。修汽车，还是我行！"

丈夫终于盖上了车前盖，以专家的口吻说："开三十里没问题。"

听丈夫这么一说，陶妲心里又恐慌了。

而王福至却乐观地说："从咱这儿到尚仁村，来回才十几里！"

二人就让那辆"奔驰"四门大开地暴晒着，一个朝楼门口走来，一个转身朝淋浴房走去。

朝楼门口走来的是王福至，陶妲起身闪在门旁，问他："沃克说的是公里还是华里？"

王福至说："我也不知道，那得问他。"话还没说完呢，人已迈入屋里了。

两个男人换上干衣服后，王福至从后备箱翻出一个纸团。他剥洋葱似的，剥一层纸又剥一层纸，最后从纸团中剥出一个亮晶晶的金属物件。

陶妲好奇地问是什么。

王福至说是"奔驰"的车标。

沃克要过去翻来覆去地看着说是假的。

王福至说当然是假的了，哪儿搞得到真的呢？买个真的得八九百元，而且连县城里都没卖的。这是只花五十元在镇上让人给加工成的，猛眼一看还不跟真的一样？

他将车标安在车头上，退后两步，欣赏地说："活儿做得漂亮！跟真的似的，就是太亮了点儿，我别让他们镀出光来就好了。"

沃克一听说是在镇上只花五十元做的，不撇嘴了，反倒跷起大拇指称赞："中国人真行！"

王福至笑道："这话我爱听。由你这位美国人说我更爱听，但你的话应该改成中国农民真行，因为开那铁活儿铺的人，至今还是农民，农闲的时候才做点儿铁活儿挣点儿现钱。"

沃克说："那就不是行不行了，我应该说中国农民伟大了！"

陶妲和王福至笑了，沃克自己也笑了。

陶妲掏出钱包，问王福至租那辆"奔驰"以及买那个假车标一共花了多少钱。要点给他。

王福至说那急个什么劲儿啊，我记笔账就是了，把你还愿的事办完了一总算吧！

陶妲见他说得怪真诚的，就不再坚持。她看一眼手表，快到中午了，主动说你俩歇歇，聊聊天，我做饭。

沃克说他不能居功自傲，要有更良好的表现，于是张张罗罗喂狗去了。

陶姮做饭时，王福至坐在小凳上一边洗菜，一边检讨地说，他忘了早点儿告诉她下午的安排，使她感到意外了，是他的过错。但下午她是必须去尚仁村的，而且要高高兴兴地去。因为他已经和陶老师的女儿和亲戚们进行了初步沟通，他们都愿意见她，简直还可以说都急于见到她。他认为他们的态度也都很好，他们都说，一切好商量。人和人之间结疙瘩的事，当面解开就是了……

陶姮听了高兴，又说了一番感激他的话，表示自己下午一定高高兴兴地出现在陶老师的女儿和她的亲戚们面前……

午饭照例受到两个男人的称赞。陶姮心情好，也吃得很饱。

两小时后，睡足了午觉的三人坐入那辆“奔驰”里，由沃克将车开出了院子。王福至锁上院门，又坐到沃克旁边，沃克说，安上那么个车标也等于白安，那些个农民哪里识得那是“奔驰”车的标志呢？

王福至以诲人不倦的口吻说，你可千万别把现而今的中国农民瞧扁了，一个个走南闯北的，见多识广的可不少呢！

车还没开出村口，被一位老大娘拦住了，火烧眉毛似的央求王福至快去她家把她家的猪给“敲”了。

王福至对她挺恭敬的，叫她“三奶”。不过他没下车，只将头探出车外客客气气地说，“三奶”这会儿不行啊，这会儿我要去办要紧的事，你看我车里坐着两位美国来的外宾呢！“敲”猪您找别人帮忙也可以的呀，谁谁谁、谁谁谁不是都挺会“敲”的吗？

那"三奶"说，谁谁谁到外地打工去了，谁谁谁正在我家呢，我家那口猪已经长得太大了，也太凶了，他一个人对付不了。刚一刀割出口子，我家猪挣断了捆住四蹄的绳子，淌着血满院子乱窜呢！好福至，你不去怎么得了呀！我要是满村找不到你，那也就算了。可现在三奶把你拦了个正着，你这"敲猪王"偏不去，你以后还好意思叫我"三奶"吗？

那"三奶"一屁股坐在了车头上。怕坐不稳滑地上，一手同时把住了假车标。

"哎三奶三奶，别把那个，我去我去！"

王福至大惊小怪地下了车，将"三奶"搀至路旁，转身绕到驾驶座那边，伏在窗口，对沃克和陶姮说："你们看巧劲儿的！她家成人都在外地打工，家里只剩她和小孙子……不过她的事，对我不算件事，三下五除二就摆平了，也耽误不了多大工夫……"

沃克和陶姮在车里听得清楚，看得分明，都说快去吧快去吧！

望着王福至搀扶三奶匆匆而去，沃克回头问陶姮："敲"猪的"敲"是汉字中的哪个"敲"字？又是件什么事？陶姮简单几句便解释清楚了，自认为解释清楚了。沃克却说还是不明白，为什么给猪做的手术非用"敲"字，而给牛马做那样的手术就说是"骟"，并问要是给羊做那样的手术该用什么字呢。陶姮被问住了。

她说："你的汉语言水平已经够高的了，保留点儿糊涂也没什么。"

沃克还想问什么，他手机短信铃响了几声。他将一只手伸入兜里，从车内镜中发现陶姮在看着他，没往外掏手机。

陶姮说："看吧。别装受气孩子的样儿，好像我每时每刻都在监视着你似的。"

沃克说："我从没那么认为过。"仿佛为了证明他的话，大大方方地掏出手机看起来。半分钟后，握着手机伏在方向盘上了。又半分钟后，忽然哭出了声。

陶姐这一惊非同小可，急问他：谁发来的短信？是不是他弟弟家出了什么不幸？

沃克一句话也不说，握着手机的手朝后一伸。陶姐略一迟疑，接过了手机。

短信是丽丽发给沃克的，字数还不少：

> 洋姐夫，我觉得你对我的中国姐姐可不够好。她能当上你们美国大学的教授，是我们中国女性的骄傲。怎么你给我的感觉是，你一点儿也不关心她的生死？她患了胃癌，你要更加爱护她才对。我们镇上有一个人也患了胃癌，靠服县里一位老中医给配的祖传秘方已经活了七八年，基本遏制住了癌细胞的发展。我昨天见过那老中医了，他答应也为我陶姐姐配一服，但得见见她，问她些情况，为她号号脉，你先跟我陶姐姐打声招呼……

陶姐看完短信，心情复杂，一时无语。在镇派出所进行抗议交涉的时候，她说到了自己此次回国的原因，那些个男人都半信半疑，看上去根本没走心，想不到一言不发负责记录的丽丽，不但信了她的话，而且还这么地古道热肠！她被感动了。丽丽那晚的样子浮现在她眼前，她觉得不知该如何评价丽丽才算公正了……

沃克一开车门下了车，接着开了后车门和陶姐坐在一处了。他搂抱住她，像孩子搂抱住即将失去的母亲，边哭边问为什么瞒着他。并且说些谴责自己放浪形骸的话。陶姐说她想这次办完了还愿之事，回国后再告诉他，说着自己也哭了……

　　"你们……怎么了？"

　　王福至不知何时回来了，站在车外，一手扶着打开的车前门，意外地看着他俩。陶姐难为情地往旁边推丈夫，他却不肯放开她，仍用一只手臂搂着她，又将手机递向王福至。

　　王福至瞪着他手上的手机，不知所措。

　　陶姐说："我们也不瞒你了，你看短信吧，你妻妹发给他的。"

　　王福至误会了，尴尬了，不愿接过去手机了。

　　他既骂且又撇清："这风骚的女人！这……我一会儿就告诉她姐！我这姐夫，我管不了她……"

　　陶姐只得又说："不是你想的那种事，让你看你就看。"

　　王福至这才坐入车里看起来。看罢，将手机还给沃克，发呆。

　　沃克说："你开车吧。"

　　王福至就移坐到驾驶座去，一声不吭地将车开向尚仁村。

　　三人都没再说什么。

　　快到尚仁村村口时，王福至才又开口说："我明白了……我一定鞍前马后，非把你们的事办好不可，要不然连我小姨子也得埋怨我。至于服务费，到时候你们看着给，不给我都高高兴兴送你们走。人心七窍，有一窍得是人和人心心相通的。那一窍相通了，许多事都好商量了，对不对？"

　　陶姐和丈夫没接他的话。

倒是她的一只手，握着丈夫的一只手了。那会儿，她忽然又怕死了，觉得其实并没活够。

车开至尚仁村僻幽之处的一户农家院落前停住，两扇用铁条简单焊成的院门敞开着，锈迹斑斑。三人下车后，从院内跑出一条小狗，毛色说灰不灰，说黑不黑，腹部结着泥巴，令人联想到耗子的颜色；不过狗脸长得还算可爱。陶姮见院内的水泥地由于塌陷而龟裂了一大片，院外的沙土地满目杂草。

小狗绕着三人的腿嗅来嗅去，这时吱呀一响，正对着院门口的一扇屋门开了。那门一开就歪斜了，看上去随时会脱离门框倒在地上。从屋里迈出一个女人，四十多岁，齐耳根的短发染过不久，黑得不真实；中等身材，消瘦，脸色憔悴；穿着身旧衣服，趿着双破布鞋。然而一边的耳垂上却戴着耳环，在日照下闪着金灿灿的光，不知是真金的还是镀金的。

她毫无表情地望着三人点一下头。

王福至小声说她就是陶老师的女儿，叫陶娟。

他问："就把车停这儿吧？"

陶娟说："开进来。"

他说："不必了吧。"

陶娟坚持说："还是开进来吧。开进来大家都放心。"

王福至看一眼院门，见院门挺宽，开进辆车不费什么事。于是就上了车，将车缓缓开入院子。

陶姮和丈夫跟在车后进了院子，但见正对院门的是一排三间老屋子，木结构，这里那里的木板木柱，业已腐朽，残破得难看。院子的左边是猪圈，静悄悄的，显然没猪。右边是柴草棚，似乎也是鸡窝，几只鸡无精打采地趴在干草上。

陶娟又说："进屋吧。"

她还是面无表情，推了屋门一下，使门开得更大些。

王福至率先，沃克居中，三人依次往屋里进。跟在最后的陶姮听到院门响，回头看了一眼，见不知从哪儿出来的一个男人已将双扇铁门掩上，正往铁门上绕铁链子。她觉得奇怪，就没立刻跟进屋，想要看个究竟。

陶娟催促："进屋啊！"

陶姮装没听到。

那男人不但往铁门上绕铁链子，还用一把锈迹斑斑的大锁将门锁上了。他一转身，见陶姮在望着他，将手中的钥匙抛接一下，大模大样地揣入兜里，复一转身，面朝铁门掏出烟吞云吐雾起来。

那男人也和陶娟一样面无表情。

"来都来了，还怕进屋啊？"

陶娟的目光和话语，流露着不善的意味了。

陶姮不自然地笑道："不怕。怕就不来了。"

言罢，也进了屋。那照例是农村人家的堂屋，不见一人。而两边屋子的门都关着。

陶娟也进了屋，关门。那门的合页掉了一个，不容易关上。陶姮想帮着关，陶娟却用肩膀撞开了她，没好气地说："不用你帮。"陶姮觉得，她的气话绝不是因为那门不好关，只得默默站在一旁看着她关。陶娟怎么也无法将门关严，还差点儿弄掉了另一个合页，无奈又没辙，索性便那样了，踢了门一脚，朝陶姮一转身，指着左屋门说："进这屋。"

她话音刚落，右屋门突然开了，出来年龄不等的五六个女人，其中一个半敞着怀，露着一只白面大馍馍般的乳房。抱在她怀里的孩子睡着，小嘴儿仍衔着奶头。她们中一个小个子老太太上前一步，一手揪住陶姐衣襟，一手握拳便打，边打边哭边嚷嚷："你这仇人呀，可把我们老陶家人害惨啦！今天你不把我们一个个全都答对高兴了，那你可就来得去不得啦！……"

那老太太的拳头打得倒没多大劲儿，但是陶姐着实被吓傻了，脸都白了。

说时迟，那时快，左屋门也咣当一声开了，沃克跨将出来，怒视着老太太大吼一声："你给我住手！"

老太太见眼前冷不丁出现一个蓝眼睛、黄头发、大个子的老外，而且指着自己对自己吼，一时也吓傻了，揪住陶姐衣襟的手松开了。沃克一把抓住老太太后衣领，拎只兔子似的，将老太太双脚拎得离了地，又像放一件易碎的东西似的，将老太太放入了已空无一人的右屋里。

而左屋里随之跨出两条汉子，捋胳膊挽袖子，要对沃克动武。

陶姐急忙上前一步，伸开双臂护在丈夫身前，挡住两个汉子的进犯。她的脸已恢复了血色，镇定地说："事情跟我丈夫毫无关系，当年那笔账你们跟我一个人算好啦。"

中年母亲怀中的孩子被惊醒，哇哇大哭。

幸而王福至也及时从左间屋出来了，挨个劝、推，总算将沃克和两个汉子推进了屋里。混乱中，陶姐也不知是被陶娟还是被别的女人们推入了屋。这左间屋有一张光板单人床和一条换了一支新凳腿的旧长凳。光板床沿挤坐着四个男人，长凳上挤坐着三个男人。

另外五个男人没地方坐，靠墙站着或靠墙蹲着。而陶姐夫妇和王福至仅有门口那点儿空间可站了，在三人背后是从外边围成人墙的女人们，正堵着门口的是陶娟和那抱孩子的女人。

王福至站在陶姐身旁，他小声说："别怕，有我呢。"

陶姐狠狠瞪他一眼，用目光"说"出的话是——想不到我上了你的当！

王福至明白了她的目光，又小声表白："我和他们没搞成一伙！"

在陶姐听来，他那是典型的"此地无银三百两"。她头脑中迅速地前思后想了一番，组合在一起的结论那就是——王福至或者是从一开始就精心策划好了今天这一步棋，一点儿一点儿地博取她的信任和好感，终于将她和丈夫诓入了这狼窝虎穴；或者是被收买了，叛变了，明明已成了同伙，却还企图充当"白脸儿"。

对方的男人中有四五个吸烟的，而且吸的还是劣质烟。屋子本就不大，虽然开着门，还是烟雾缭绕，熏得陶姐流出了眼泪。

丈夫扭头看她一眼，用手掌心替她拭去眼泪，也小声说："别怕，有我呢！"

陶姐示意他将窗子打开。他大步走至窗前开窗时，两个蹲着的男人互相交换大人在戏弄孩子般的眼色，都笑了。他们笑得倒也没什么歹意，甚至可以说，笑得还挺纯真，挺善良。有一个男人却将沃克推开了，凶巴巴地说："不许开窗！"

沃克也不示弱，双手往腰间一叉，打算与之理论。

两个蹲着笑的男人此时开口道：

"他开窗你不许干吗呢，咱们不也一样挨熏嘛！"

"就是的！熏腊肠腊肉啊？让他开。他不开我可要开了！"

说这话的男人站了起来。

挡着不许沃克开窗的男人一退，沃克将窗打开了。空气形成对流，满屋烟雾迅速向门外飘散，围在门外的女人们有的被呛咳嗽了。

陶娟回头看她们一眼，离开门口的三个女人赶紧又聚到门口。她阴沉着脸说："打算走的趁早走。那留下的，才是非把今天这事解决了不可的人。此时此地，要的就是一股心齐的劲儿。"说罢，转脸也瞥了陶姮一眼。那显然是种告白，意思是我的话也是说给你听的。其实即使她不瞥那一眼，陶姮也听出了她的话明明也是在威胁。但是陶姮倒渐渐地镇定下来，不感到所陷的局面有多么凶险了。中国毕竟已进入一个法治的时代，她相信陶老师的这些亲属们不可能一点儿法制观念都没有，一味乱来。况且，她的初衷是良好的，就算王福至已与他们勾结在一起沆瀣一气了，那他也不至于居然没将她的初衷传达给他们。这么一想，她什么都不害怕，心中反而滋生了一种久违的兴奋，类似于一个小孩子参与到了冒险的游戏之中。她在心里对自己说：我一个将死的人，还有什么事是值得恐慌的呢？还有必要怕这么一些人吗？

于是她笑了一下。

几乎所有的人都看到她笑了一下。自然，除了一个人，几乎所有的人都被她笑得奇怪起来。最觉得奇怪的是陶娟。她一看到陶姮笑，立刻将目光转移到了一个秃头男人脸上，分明是在用目光问他——她笑什么？那男人的眼一接触到她的目光，竟仰起脸望着屋顶了，仿佛在以那种样子回答她——我怎么知道？你是主角，我只不过是配角。接下来的戏该怎么唱，还不是得看你的能耐吗？

这微妙的一幕被陶姮观察到了。

奇怪感仅次于陶娟的是王福至，他本已看出了陶妲起初的忐忑，正寻思着该如何有效地安抚她；忽见她一笑，困惑了。见她笑后的表情由不安转为镇定，他不但困惑，而且相当讶然。这使他自己也镇定了些，因为依他想来，有自己这么一个不可小觑的人物的面子碍着，自己还有着说和人的特殊身份，谅陶娟等人再怎么胡搅蛮缠，估计也不敢将一件好事闹到难以收拾的地步。所以他认为他的镇定是有充分理由的。陶娟也镇定了。她觉得陶妲的笑是好事，总比她满脸惊慌好。

但她为什么就一下子变得镇定了呢？她心里究竟是怎么想的忽然镇定了呢？她又为什么那么轻松地一笑呢？

连自己也并没镇定到不由一笑的地步啊！

陶娟一时瞠目结舌地瞪着陶妲发呆。

满屋子人中，那唯一对陶妲的笑不觉奇怪的人是沃克。说他不觉得奇怪其实也不完全是那样，看见她笑了一下，他的第一反应也是好生奇怪。是啊，她使他俩陷入如此凶多吉少之境，究竟有什么可笑的呢？但他立刻就解读清楚了妻子那笑的内涵——我本来极善，但谁们若不正确对待我的善意，我可也不是好欺负的。作为陶妲的丈夫，他对她为人处世的方式再深谙不过了。而且她正是凭着这一种你敬我一尺，我敬你一丈；你若误以为我好欺负便欺负于我，我便让你领教我不好欺负的一面的后发制人的性格，才在他们那所人学里赢得美国教授同行们的尊重的。典型的美国人不喜欢似乎比他们还惹不起的外国人，但也同样不喜欢任人欺负的外国人。他的父辈从荷兰移民美国以后，用了几近于小半生的时间才总算明白了这一点，而陶妲这个中国女性，一脚踏入美国，却仅用了一年多点儿的时间就明白了，这是不论他自己还是他的家人都佩服得五体投地的。

他以为她那笑，意味着她心中已有了应付眼前不利形势的策略，而且既是大无畏的又是稳操胜券的。所以他也没什么不安的了，只觉得挺刺激的了。这尚仁村毕竟是一个大村，古老的村，而且距县城才三四十里，非是荒僻之地穷山恶水中的一个村，眼前的这些个农民农妇，按王福至介绍的情况，又是连一辆汽车是不是"奔驰"都能够辨识的，难道还会伤人害命不成？看眼前这些个中国南方的肤色黝黑的小个子农民，面相并不全都凶恶。非但并不凶恶，有的还显出与世无争的自认弱势的模样。只要友善地与他们谈判，他们是不足为惧的嘛！

于是他也放松了绷紧的神经，一屁股坐到了一张黑不溜秋的出土文物似的桌上，脱下在美国买的中国出口的大号胶底布鞋，盘腿而坐。

蹲在墙角的一个农民用胳膊肘拐了另一个农民一下，朝桌上的沃克翘翘下巴。另一个农民正盯着指间已经灭了的半截烟发呆，被碰了一下后，朝沃克看去，不由笑了，小声说："这个美国佬还挺能耐的。"

南方的农民，大抵没在现实生活中见到过一个人能将双腿盘得那么平。在中国，现而今除了念经的和尚，除了打坐的禅士，再就只有些七八十岁的北方农民还习惯于那么盘腿了。这些南方的农民不晓得沃克在美国是修过禅的，所以无不好奇，觉得沃克这大个子美国佬挺有意思的。坐在炕上的几个，也效仿沃克的样子打算盘腿而坐，却谁也没盘成功，结果东倒西歪，嘻嘻哈哈互相打趣着笑将起来。在他们的笑声中，沃克的腰板挺得更加笔直了。

秃头男人不高兴了，数落道："严肃点儿行不行？有你们这么讨补偿的吗？"

他们顿时不笑了，又以同仇敌忾的目光瞪着沃克了。

王福至开口道："哎你们，人家夫妇二人是怀揣着好意专程回来补偿的，你们怎么也不预备两把椅子给人家坐？"

秃头男人冷冷地说："他不有地方坐吗？"

王福至不软不硬地顶了他一句："桌子是请客人坐的地方吗？"

秃头男人说："我又没请他坐桌子，他自己坐上去的。"

王福至又顶了一句："还不是因为你们没预备椅子？还有她呢，她坐哪儿？"

陶姐说："要是不用太久的时间就能把事情谈妥了，我站会儿也行。"

陶娟走到了秃头男人身旁，交抱双臂，瞪着王福至说："我们没拿他俩当客人。"

王福至也顶了她一句："那你拿他俩当什么人了？"

陶娟被顶得一时语塞。

王福至似乎一心要在状态上占优势，追问："说呀，那你拿他俩当什么人？就是公安局审问犯人，那也得让犯人坐下才审吧？"

秃头男人也不失时机地顶了他一句："胡说！公安局哪有让犯人坐下才审的？"

王福至反唇相讥："你从不看电视呀？没在电视里见过公安局怎么审犯人吗？"

秃头男人却一味坚持说，公安局是绝不会让犯人坐椅子上才进行审问的！这一点是不用看电视也该知道的常识！犯人嘛，你犯了法，还有资格与审问你的人平起平坐？

王福至火了，大声嚷嚷起来："你别你你你的！我又不是犯人！你再这么胡搅，那我们走了。改天能谈就谈，如果还不能谈，我们还不跟你们谈了呢！"

二人你一句我一句戗戗的时候，沃克一会儿看这个，一会儿看那个，仿佛在听相声，一副兴趣盎然的样子。

陶姮却只盯着王福至一个人的脸，不放过他脸上每一细微的表情变化。但尽管目不转睛，还是无法断定他究竟是不是已经叛变了，是不是在演戏。

倒是有几个男人被王福至和秃头男人戗戗烦了，纷纷指出秃头男人一味坚持的说法肯定是不符合事实的。现而今公安局审犯人，千真万确是让犯人坐在一把椅子上的。

有个男人竟嘲讽道："如果那次你被县公安局审只让你蹲地上没让你坐椅子上，那也是个别的现象。"

秃头男人大怒，扑过去想打对方，被几个男人及时拽住。

王福至指着秃头男人对陶娟说："他是什么人？如果与我们要谈的事无关，最好让他走。有他在这儿乱搅，只怕我们一时半会儿还真谈不完。"

陶娟转脸看着他，一句一停地说："别人想走的都可以走。就他不能走。他也不会事没谈完就走。他想走我也不让他走。"

陶姮看着她又笑了一下。

那些个男人看着陶姮也又纳闷了一阵。

陶姮不是笑别的，而是笑陶娟转脸的样子。转脸嘛，谁都是由脖子的转动来主导头的转动。陶娟却不是，她朝哪边转脸，却先将下巴甩过去，这使她转脸的样子既傲慢又显得怪里怪气。尤其一个女人那样子转脸，会给别人一种"滚刀肉"般的印象，起码给陶姐的是那么一种印象。她不怕"滚刀肉"式的女人，但打心眼儿里反感她们。她刚才那一笑，也仅仅是因为陶娟转脸时的样子可笑，其实并没有她丈夫自以为是地解读到的那么多内涵。

王福至听了陶娟的话，眨巴了半天眼睛，憋出一句话竟是："他对你就那么重要？"

陶娟冷着脸说："他是我的代理人。全权的。"

不仅王福至一愣，陶姐和丈夫也都不由一愣。

陶娟又说："他还是我男人。"

王福至叫嚷起来："骗人！昨天你还说你没再婚，怎么今天冒出个男人？"

陶娟不动声色地说："再婚那得登记。登了记叫丈夫了。我又没说他是我丈夫。我俩是同居关系，你管得着吗？"

王福至被噎得又干眨巴眼睛说不出话来。虽然说不出话来，但他那副表情分明在说：同居你也该有个标准，和他那么一个不着调的男人同居，你也不觉得没面子吗？

陶娟看出了他那种表情的意思，维护尊严地说："他也只不过是因为与人打架被判了一年刑。打架不是坑蒙拐骗，不是耍流氓。世上几个男人一辈子没打过架？我不觉得有多丢人。"

秃头男人也忽然叫嚷起来："王福至，老子揍你！"

王福至不甘示弱地质问："敢！我又没怎么你，你凭什么揍我？"

秃头男人指着他继续叫嚷："你们看他脸上那副熊样子！他那

明明是瞧不起我的样子！就他那副熊样子，还不是成心找打吗？"

于是有几个男人劝阻他。

于是有一个男人也火了，从长凳上往起一站，怒吼："抽他娘的什么霸王疯?！谈正事不？不谈正事，老子别处打牌去了！"——吼罢，双手将长凳搬起，往陶妲跟前啪地一放。响声之大，使陶妲不禁低下头去，看水泥地面是否被凳腿蹾裂了。

刹那间一片肃静。

陶妲抬头再看那男人时，他又对她吼："坐呀！"

陶妲略一犹豫，默默坐在长凳上了。

陶娟嘟囔："贱。"

那男人猛一转身，瞪着陶娟喝问："嘟囔什么了？敢再说一遍？论辈分我是你舅爷，对我不敬我教训你！"

陶妲终于忍不住开口道："都别吵了，我为正事而来，你们也是为正事而来，咱们还是谈正事吧！"

又一片肃静。

忽然门口响起了孩子的哭声。

陶妲回头朝门口一看，见些个中老年妇女们众志成城地将门外堵了个水泄不通。像照集体照那样，一个人的肩压着另一个人的肩。那抱孩子的女人领唱者似的单独站在最前边，她怀中的孩子要是不哭，陶妲已将门外那些女人忘了。她暗暗惊讶于她们的纪律性，以及她们甘当配角的自觉性。

秃头男人吼："你那是什么熊孩子！刚才不哭，这会儿刚静下来，他倒哇哇号开了，烦死个人，抱他到院里去，不哭了再进来！"

众志成城的女人们往两边闪，人墙中间闪出了通道，抱孩子的女人一声不响斜着身子挤了出去。

然而那孩子在院里继续哭。

满屋的男人们，包括陶姐夫妇和王福至都将脸转向窗子，望着那女人在院里来回走，并晃悠她怀中的孩子。陶姐觉得，那一时刻，尚仁村的些个男人们，倒是显示出了几分可敬的耐心。孩子的哭声终于停止了。

尚仁村的男人们一个个舒了口长气。接着，你望我，我看他。

陶娟的舅爷催促道："又都大眼瞪小眼地干什么？该怎么谈，快怎么谈啊！"

陶娟仿佛被孩子哭得忘了自己的角色了，经一提醒，这才对秃头男人说："那什么，开始吧！你也不用啰哩吧唆的了，干脆掏出来给他们看吧！"

听她那么说，陶姐等三人的目光一齐望向秃头男人，定睛细看，单看他那只探入衣襟里的手，将从内衣兜里掏出什么东西来。

满屋子的尚仁村的男人们，却没一个看他的。他们或抬头看屋顶，或低头看屋地，还有的呆看堵在门外的女人们。而她们，也呆看着屋里的男人们。

秃头男人掏出的是最寻常的东西，几页卷成筒的纸而已。他有很好的站功，金鸡独立地抬平一条腿的膝盖，将那几页纸在膝盖上抚平了些，放下腿，看看陶姐，看看沃克，最终决定了将那卷纸递向沃克。大概他认为，在陶姐夫妇之间，重大事情的决定权肯定是由沃克这位美国丈夫来掌握的。

沃克看陶姐，她向他点头，他才接过那卷纸看起来。第一页他看得还算认真，第二、三、四、五页就看得马虎了，一扫而过的看法。

最后一页看的时间最长。不，其实已不是在看，而是在盯着纸上的一个数字发呆。并且，眉头拧出了一个疙瘩。

陶姐轻咳一声。

沃克猛醒地将那卷纸递向她。

她接在手，并不从第一页看起，而是先看使沃克发呆的最后一页。那页纸上只有几行字。那几行字是这样的——"以上情况属实，绝无虚假。若以民间方式私了，总计补偿五十八万七千美元即可。若陶姐一方拒绝私了，我方不得不对簿公堂，由法院判决的话，则我方所要求的赔偿金额为一百万美元……"

陶姐也看着那几行字发呆了。确切地说，在她眼里，字已模糊了，但"五十八万七千美元"和"一百万美元"两行数字，却变得格外清晰，仿佛还变大了，从纸上凸显出来，成立体的了。

王福至也干咳一声。

陶姐听出是他在干咳，看也不看他，只说："别急。"

接着她看首页。首页的字句，文白交杂，显然出自一位喜欢舞文弄墨的人笔下。大意无非是：三十多年前，尚仁村中学女学生陶姐，对她的班主任陶老师做下了罪过之事，致使陶老师蒙受了贪污学生学费的不白之冤，并被公安人员当众从学校里带走，斯文扫地，名誉完全毁灭，而且被判刑两年，在狱中被关押了数月之久。其后，陶老师一家及众亲戚，也都不同程度地因那一事件……

王福至又干咳一声，陶姐终于将那份"协议书"递给了他。他迫不及待地看时，陶姐的目光缓慢地从那些男人的脸上一一移过。十几年的教授生涯，使她对人脸具有相当丰富的"阅读"经验。某些学期她开的是大课，往往面对一二百名学生。那时学生们的一举一动，以及他们对于她的提问的种种不同反应，尽收她的眼底。他们回答提问的话语，有几分认真，几分不认真；对她的观点是心悦诚服还是根本不屑，或者有所保留地接受，她都能迅速地在头脑中予以分类、辨析、解构、比较和进一步给出回答。用"阅人无数"四个字形容她，虽未免夸张，但不算是用词不当。

满屋子的陌生男人（确切地说，是些男性农民），较年轻的也有四十几岁了，几位年长者的年龄皆在六十岁以上。陶娟的舅爷有六十四五岁的样子。陶姮从他们大多数人的脸上，读出了巴望、企图、沮丧、自责和无奈、无辜。他们仿佛是必须杀生的佛门弟子。不杀生，则自己的生存便大成问题。而白刀子进去，红刀子出来，又实在是违背自己的善性。但已操刀在手，看起来他们还是打算一边在心中默念"善哉善哉，罪过罪过"，一边狠着心下手的。

这使陶姮的心情很复杂。一方面，她因为他们的贪婪而顿生嫌恶；另一方面，又因为毕竟看出了他们大多数人还有内疚之心而不无同情。

是的，她倒是不怎么同情自己，反而多少有些同情他们。中国已不是三十多年前的中国了，自己也不是三十多年前那个不管被谁瞪一眼都会接连数日忐忑不安的，即使深爱自己的父母也无法予以保护的少女了；而眼前的农民们，也断没了可以在"革命者"的指挥之下一拥而上刨别人家祖坟的"革命"权利了！三十多年前的她，单纯的双眼见惯了如此这般的些个农民，凌辱或虐待被"革命"打翻在地的人，包括女人和老人，有时对少男少女也不怜悯。而三十五年后的今天，她的双眼早已由单纯而变得敏锐又世故；他们的双眼里却一丝一毫也没有了当年那种不可名状的凶横之气，反而变得像羊、牛、马或小狗的眼一样温良又单纯了。即使嘴上说着凶横的话和装出凶横的样子时，从他们眼中所投出的目光的实质也还是善性的。

不错，除了几位年长者，其他男人肯定并不是三十多年前那些令她害怕的农民。当年他们大抵是孩子，显然与她一家当年的遭遇毫无关系。当年的某些事对她是不堪回首的，后来经常重现在她的梦境之中。而对于他们，则很可能不留任何记忆了。

但是那几位年长者，三十多年前他们可都是大人了啊！陶姮看着他们，内心里不由得这么想——他们也彻底忘了她一家当年被押解到尚仁村后，全村人如何集中在一起对包括十三岁的她在内的她一家三口进行口诛笔伐的情形了吗？忘了后来某些村人是如何高举锄镐将她外祖父母的坟刨了，将她外祖父母的骨骸扔得哪哪儿都是的情形了吗？忘了某些村人呵斥和辱骂她的父母如恐吓野狗一样的情形了吗？忘了某些村人威逼着她的挑粪的父母用双手捧起晃洒在田埂上的稀屎汤的情形了吗……

他们中，有没有当年那样的令她害怕的农民呢？

如果有，那么他就不在乎有可能被她指认出来，并同样要求予以补偿吗？

如果没有，那么他们对于她从美国远道而来的初衷又究竟是怎么想的呢？

她企图与他们敞开心扉交流感受的愿望，在王福至认真看那几页纸的几分钟里，一下子变得特别强烈。

抱孩子的女人还在院子里。她怀中的孩子不哭了，分明又睡过去了。下午的骄阳照射着院子，女人的脸被晒出了汗。"奔驰"车的假标闪耀着贼亮的金属光，小狗钻到车底下去了，只露尾巴。院子里唯一的阴凉之处是房檐遮成的窄窄一条屏蔽阳光的地方，女人明智地抱着孩子躲过来了。她隐在窗子一侧，尽量不被屋里人发觉地向屋里窥视，却恰恰被陶姮首先看到了。

趁她还没来得及闪开去，陶姮微笑着说："进来呀，在外边多晒啊！"

她略一愣，也笑了笑，之后摇摇头，从窗前消失了。

她看去还不到三十岁，三十多年前她尚未出生。

陶姮问："她是陶老师的什么人？"

因为她问话的对象不明确，半天无人回答。在经久的静寂无声之后，陶娟冲窗外大声说："秀娥，你自己说！"

又是片刻的静寂，窗外传入这样的话：

"我……陶老师算是我二表姑父。"

陶姮说："啊，明白了。"

陶娟纠正道："不是算，就是！"——沉吟一下，又说："我父亲也就是她二表姑父疯了以后，为治好我父亲的病，我家朝她家先后借了三万多元钱！都十几年了，一直还不上！十几年前的三万多元钱，还不顶现在的十几万元啊？如果不是亲戚，她家早告到法院了！是这么个事实不，秀娥？"

窗外传入屋里极小声音的回答："是。"

陶娟的舅爷，此时深重地叹了口气。

其他老少爷们儿，会吸烟的，都掏出烟来，你的抛给我一支，我的抛给你一支。王福至看那几页纸看得太过认真了，他还随身带了一个小计算器，一手拿着那几页纸反反复复看起来没完没了，一手拿着计算器不停地按，像某些城里的"80后"单手拿着手机发短信。

陶姮看出，满屋人的耐心都已到了极限。陶娟瞪着王福至的那种目光，仿佛会随时变成闪电，将他出其不意地从头顶劈到胯裆一下子劈为两半。

沃克忽然说："请你们也给我一支烟行吗？"

满屋人的目光一时又集中在他身上了，吸烟的男人们互相望着，都有点儿犹豫。看得出他们认为，在这种情况下谁给他烟肯定都是不对的。

陶娟的舅爷始终没吸烟，他说："给他一支。"

于是有男人抛给了沃克一支烟，有男人起身按着打火机替他点烟，样子还挺恭敬。

沃克吸两口烟，开口说："我想使你们清楚这样一点，我和我的妻子，虽然是美国大学里的教授，但我们连做梦都没敢想过，我们这辈子会有存到一百万美元那一天。别说一百万美元了，五十万也是不敢想的。除非我们把房子卖了，但要是把房子卖了，我们又住哪儿呢？不瞒你们，其实我们此次只带回了……"

在近乎凝固的气氛中，王福至高叫："别说！凭什么非得告诉他们？！"

满屋人的目光又投射到王福至身上。

陶娟气势汹汹地质问："你有什么权利不许他说？"

王福至冷笑道："权利不敢说有，资格肯定是有的。我是他们夫妇二人的受托人，这一点我一开始就跟你声明过了。屋里别人不清楚不为过，你要是说你也糊涂，那不就是成心装傻吗？"——他一旋身，侧脸看着门外的女人们又说："我再声明一次，我是他们夫妇的受托人，你们听明白了吗？"

由于屋里又有烟飘向门口那儿，门外的女人们又散开了去。王福至看着她们对她们说话时，她们才纷纷归位，并且一个个点头不止，脸上呈现出不同程度的敬意。显然，王福至郑重声明了的"受托人"身份，使她们对他刮目相看起来。

陶娟不理睬王福至了，她对沃克道："别听他的，把你刚才没说完的话说完。"

沃克看一眼陶娟，这样回答："他不许我说，我还真不能说，我们得尊重我们的受托人。"

陶娟对丈夫的回答感到很满意，她点头道："对。他是我们唯一倚重的受托人。不但我们得尊重他，你们也应该尊重他，否则咱们之间的事难以顺利解决。"

王福至对陶娟的话更觉满意，他矜持地笑了，脸上甚至呈现出几分对陶娟的感激来。

陶娟双手往腰间一叉，柳眉倒竖，杏眼圆睁。她那双柳眉是后纹的，她那双杏眼是做过双眼皮儿后变成了杏核儿形的。

但她张了张嘴，一句话也没说出来。不是话到口边强咽下去了，而是根本没想好该说什么就急切地徒自张了张嘴。

秃头男人突然向王福至发飙："我也是受托人，你刚才怎么不尊重我？！"——他一步跨到王福至跟前，手指几乎戳到王福至的脸了。

王福至对那根手指视而不见，冷笑道："我也没不尊重你啊！陶娟一说你是她的代理人，我心里就开始老尊重你了。那你说，你具体要求我怎么尊重你？"

秃头男人也徒自张了张嘴，被讽刺得说不出话。如同胸口堵一个大嗝儿，怎么也打不上来，脸憋紫了，快要窒息得翻着白眼直挺挺地往后仰倒似的。他左扭头看，右扭头看，目光在那些个男人中睃来睃去，流露着难以掩饰的求助的意思，希望有谁也能替他顶王福至几句，将王福至也噎得干张嘴说不出话来。但不管他满怀希望地看着谁，却一个挺身而出的人也没有。那些男人们仿佛皆变成了小孩子，或皆脑子进水了，难以领会他那目光的意思了。

然而他的手还指着王福至的脸。

王福至苦笑道："大家如果不是瞎子，那就都看到了吧？就他现在对我这样子，反倒能说他尊重我胜过我尊重他吗？"

秃头男人的那只手臂，从肩头被砍断了筋骨一般，这才嗒然垂下。

陶姐和丈夫看着他俩那一幕，也都不说什么。在沃克，是对王福至的能说会道大为欣赏了。欣赏得无话可说。如果说此前他还对妻子信任王福至这么一个农民作为"全权代理人"心存歧见，那么这会儿他满心间都是对王福至的信赖和对妻子的佩服了——佩服妻子识人的眼光和用人的魄力。在陶姐，却是因为仍在考察王福至背叛与否而暂且有话不说。如果他真的已经与他们勾结在一起了，那他做戏的水平可委实太高超了。陶娟和她的"全权代理人"以及屋里屋外的男人女人们，做戏的水平也委实太高超了。那么，不论王福至还是屋里屋外的男人女人们，就都是很可怕的人了。当然，也是很令她嫌恶的人。陶姐的人生经验告诉她——世界上任何一个国家都会有一些人为了达到某种利己目的而串通一气集体做戏。对于那样一些人，水平并不怎么高的甚或水平拙劣的，她的嫌恶倒还有限。因为她觉得他们或许还有悔过自新的一天。但对于做戏水平高超者，她的嫌恶简直可以说是无限的。她认为后者们是不可救药的。并且认为跟他们是不必讲仁义和忏悔的。那会儿她暗自下了这么一种决心——倘若他们夫妇所面对的个个都是善于惯于做戏的人，那么她的忏悔将仅是对于陶老师一个人，找个机会巧妙脱身，再到精神病院去看望了陶老师后，就要以尽快离开中国为上策了。但是回到美国后，她会定期往精神病院寄美金的，为的是使陶老师能够受到较好的照顾。至于其他陶老师的亲戚，也就是眼前这些男女包括陶娟这个陶老师的女儿，一分钱都休想从她这里得到！她认为陶老师居然有陶娟这么一个女儿也是一种不幸……

陶妲正左思右想着，王福至又开口了。他将手中几页纸举得挺高，一边卷，一边冷笑着说："这份所谓的'协议书'，我要带走，因为是证据。什么证据呢？集体讹诈的证据！"——将那几页纸卷成筒，往裤兜一揣，环指众人大加谴责："陶老师有你们这么多亲戚吗？什么三老四少七大姑八大姨五叔六舅的还都敢往纸上写下姓名摁下红手印！还都敢几万十几万的要补偿！你们以为我的委托人又善良又傻又是亿万富豪啊？……"

"王福至你王八蛋！昨天你还跟我说有什么正当的要求只管写清楚，怎么今天你反水？！你成心想要与我们这么多人为敌是不是？！……我挠你！……"

陶娟耍起泼来，双手勾成爪形，舞舞扎扎地扑向王福至。

沃克想阻挡她，但穿上鞋站到地上已来不及，干脆将双腿一伸，如同铁道路口放下两根安全杠，将陶娟齐腰拦住了……

"我挠你我挠你！……"

陶娟隔着沃克的双腿继续舞扎虎爪般的双手。

"你今天得把话说明白！难道我昨天答应跟你们一伙了你今天说我反水?! 你挑拨离间，你们写在纸上的那是些正当要求吗?! 那纯纯粹粹的就是讹诈！"

王福至站在沃克双腿的这一边，自以为安全，也双手叉腰，有恃无恐地唇枪舌剑。

然而沃克的双腿，毕竟不是固定牢了的两根杆子。他没那么了得的功夫，临时挡了陶娟一会儿就酸了，坚持不住了，垂下了。陶娟趁机扑到王福至跟前，向他脸上横挠一爪。王福至偏头避过那一爪，随之双手朝陶娟当胸一推，将陶娟推得连退数步，幸被一个男人从后扶住，才没倒在地上……

"王福至耍流氓！他占我便宜抓我的奶！"

陶娟坐在地上哭闹起来。那是某些女人耍泼的另一招数。但这一招数并未激起尚仁村那些男女们的正义感，大家都看得分明，不是那么一回事。

只有一个男人表现了强烈的义愤，便是那个秃头男人。他趁大家呆看着陶娟而忽略了他的存在，冲上前去，对准王福至的面门就给了一拳。王福至遭到袭击，并没立刻暴怒起来，手捂着口鼻，一转身明智地躲避到外屋去了。

"君子动口不动手。你不讲理，动手打人，证明你没什么道理可讲！……我不跟你一般见识……"

屋外传入王福至君子姿态的不卑不亢之语。

屋里，秃头男人更加嚣张，情绪失去了控制。

"我有理也不跟你讲理！我今天非打死你不可！打死你个王八蛋，大不了一命抵一命！抵命老子也认了！"

秃头男人抄起了长凳，陶娟的舅爷双手抓住凳面，与之争夺。

陶娟忽地一下蹿起，咬她舅爷的手。她舅爷手一疼，松开了。另有两个男人，赶紧接替她舅爷争夺长凳。

陶娟的舅爷，气得面皮抽搐，扇了陶娟一个大嘴巴子。

陶娟就又一屁股坐在地上哭号起来。

"你消停不消停？再不消停我几脚把你踢院里去！"

陶娟的舅爷也怒不可遏了。

外屋的几个女人赶紧进入屋里，有推的有拽的，齐心协力先将陶娟的舅爷弄到院子里去了。长凳已被两个男人成功地夺过去。秃头男人失去了长凳，气焰并未消减。他推撞开阻拦他的人，突围到屋外，看那架势定要将王福至置于死地不可！

但王福至已又躲避到院子里去了。他的鼻子被打出血了，用不知哪个女人给他的手纸堵塞着鼻孔，半边脸染了血，像涂了化妆油彩。他衣襟上也滴染了几处血迹，双手也变红了，一只手拿着手机，在院子的一侧来回走动，不停地按手机，听手机。

院子另侧，陶娟的舅爷也在来回走动，几步一句嘟囔着气话。

两个男人，像圈在同一兽栏中的两只盲眼动物，单凭气味确定了各自的属地，虽然都能感觉到对方的存在，但根本看不到对方似的。这个从左往右走着时，那个刚巧从右往左走着。各走各的，谁都不扭头看对方一眼。

抱孩子的女人，那时站在院门那儿，要求揣着钥匙的男人打开门上的锁，让她走，说怕接着发生什么更不好的事，吓着孩子。她怀中的孩子，也许是困急了，竟没被屋里后来的吵闹声所惊，衔着奶头睡得很实。揣着钥匙的男人安慰她，说都是为了办成一件正事，那就都是必有一定之规的，吵闹也吵闹不到多么离谱的程度。再者说了，民间方式嘛，私了嘛，事情关乎到一大笔钱嘛，吵吵闹闹那也是在所难免的啊！吵闹不过是为了向对方证明自己不是善茬子罢了……

秃头男人挣脱别人的拖拽，已经由里屋冲撞到了外屋。挣脱冲撞之间，几个男人挨了他的拳脚。他们自然觉得划不来，但不加以阻拦又不好，便都跟到了外屋，说勇敢不勇敢地只用话语相劝。而沃克已穿了鞋，抢先于秃头男人到了外屋。本已在外屋的那些女人们，此时倒显得都很深明大义，一个紧挨一个，在外屋门内组成了人墙，依然又是众志成城的气概。沃克叉腿站在她们前边，交抱双臂，虎着脸瞪着那秃头男人。他那一米八九的大个子，他的粗胳膊长腿大手大脚，他那张表情凛凛的脸，他那种泰山石敢当的孔武实力，那会儿对秃头男人构成了巨大的威慑力。谁都看得出来，倘若秃头男人还不识时务，敢于对他轻举妄动的话，那么将很可能会被他抓举起来扔进里屋去。秃头男人当然也看出了这一点，当然不想自讨苦吃。所以他只不过是在沃克面前蹦蹦跶跶，吼吼叫叫，色厉内荏，并不真的冒犯。

那会儿里屋只剩下了陶妲和陶娟两个女人。陶妲仍坐长凳上，陶娟仍坐地上，不再哭闹了。两个都姓陶成长背景受教育程度文明意识人格养成以及从前和现在命运完全不同的女人互相注视着，都不说话。都希望通过那一种互相注视，能将对方研究得透彻一些。

是的，她们都姓陶渊明的"陶"，也许溯本寻源，她们的家族还都跟陶渊明有着某种或远或近的族系关系，这是很有可能的。

但她们从前和现在的命运太不同了。

至于将来的命运——陶姮想，我已经没有什么将来的命运了。

她微微眯着双眼，毫无表情地看着陶娟又想，陶娟陶娟，你呀你呀，但你明明是还有将来的呀！我也多么愿意尽量帮你实现一种较好的将来啊，可你狮子大张口，我也喂不饱你的欲望啊！你为什么要那么贪呢？为什么要把事情搞到这种地步呢？现在你可叫我如何是好呢？我已经觉得我三十五年后再次来到尚仁村是多此一举了，我已经开始后悔了，你知道吗？！

而陶娟的眼里，却投射出一股子深仇大恨来，仿佛陶姮如果不痛快地满足她的要求，那么尚仁村就将是"十字坡"，她自己就将是孙二娘，这个院子这间屋子就将是专卖人肉包子的黑店，而她陶姮两口子，就将被她亲自操刀剔巴剔巴剁巴剁巴搅成肉馅儿包进面皮儿蒸成一百几十笼大包子，雇人挑到镇上去卖了，哪怕卖得的钱仅够请些狐朋狗友到县里去大吃大喝一顿也痛快！

两个都姓陶的方方面面都截然不同的按年龄该互称姐妹的女人正那么彼此研究地注视着，院子里的王福至大声向屋里喊话了。

他说："陶娟你听着，还有你那个全权代理也给我听着！你们一干人等都给我听着！人家陶姮女士和她丈夫不远万里来到尚仁村，为的是要向你们陶家人当面忏悔，人家希望能用一笔钱补偿当年那过错的想法也是真心实意的！可你们非但不能正确对待当年的事，还纠合在一起敲竹杠，搞讹诈！还设下陷阱，诓我陪他们来谈判！我们诚诚恳恳地来了，你们还锁上院门，将我们连人带车扣了！还耍泼犯浑！还打人！你们的所作所为都是犯法的！人家陶姮夫妇是美国公民！你们的做法是严重损害中美关系的！我已经通知镇派出所了，一会儿镇派出所的人就会到来，有理你们谁别走！"

里屋外屋，陶娟们全都屏息敛气地听着，看得出都明知自己的做法确实有些过分。

而院门口那儿，兜里揣着钥匙的男人终于掏出了钥匙，打开了门上那锈迹斑斑的大锁；抱孩子的女人将门拉开一道缝，悄无声息地偏斜着身子出去了。小狗从车底下钻出，也跟着那女人跑出去了……

斯时日已西坠，没有阳光晒到院子里了，屋里也照不进阳光了。外间屋的光线尤其暗了，如果不细看，人们互相看不大清对方脸上的表情变化了。

王福至的话，居然也使秃头男人渐渐安静了下来。沃克交抱的双臂，随之垂下。

屋里的安静鼓舞了院子里的王福至。

他又高声说："再者，尚仁村当年对人家陶姐一家是多么罪过，多么不拿人家当人看，你们有的人心里是应该有数的。古人云，不知者不怪。可那明明知道的，怎么不站出来替人家说句公道话？人家陶女士当年才十四岁，在尚仁村中学里，有的老师和学生，也做了不少对不起人家的事！是她班主任的陶老师，当年就做过伤害人家一个十四岁小姑娘的事！"

"王福至，你一张破嘴哇啦起来有完没完？三十多年前的旧账你今天从头捅扯它干吗？要论罪过不罪过，那首先是'文革'的罪过！'文革'是该忘记的事！你今天捅扯'文革'期间那些破事，安的什么心？告诉你！我们尚仁村的党支部还存在着呢！我这个支委绝不允许你在我们尚仁村的地盘……"

院子里，陶娟的舅爷义正词严地驳斥王福至了。

王福至不吃他那一套，同样义正词严地驳斥陶娟的舅爷："那人家陶妲女士也可以说，她当年对不起陶老师那件事，首先也是'文革'的罪过！如果说一说'文革'期间的是非，就是揪扯，那你们这么多人纠集在这里算怎么回事？你们不都是企图借着一件'文革'期间的往事狠敲一大笔钱吗？这种情况发生在你们尚仁村的地盘，而且有你这个支委参与，你不觉得是扇自己的嘴巴子吗？"

　　半晌，听不到陶娟她舅爷的话了。

　　"人家陶妲女士，人家是患了晚期癌症的人！你们该对人家忏悔的人从没对人家忏悔，人家抽出剩下不多了的时日亲自来到你们尚仁村忏悔，你们反而这么丢人现眼地对待人家，就一点儿惭愧的感觉都没有吗？"

　　外间屋里，沃克背后的女人们骚动了，她们中有的交头接耳了。

　　秃头男人一声不吭地进到了里间屋，将陶娟从地上扯起来。男人们也跟进了里间屋，恰巧那时院子里的王福至走到了窗前，站在窗外往里间屋看。男人们也都从屋里隔着几根铁条往外看他，像笼中动物呆看一个逛动物园的人。

　　陶妲起身走到了外间屋，见只有丈夫一人站在外屋的门口。她那讶然的表情，使丈夫意识到自己身后发生了变化，回头看时，见身后的女人们已全都消失了。二人走到院子里，又见院门大敞大开，陶娟的舅爷正向院门那儿移动。他本也可以大大方方地走出去的，但他偏不。每当王福至扭头看他，他就停止脚步，也竭力镇定地看王福至，装出并不打算离去的样子。那会儿，他差两三步就能迈出院子了，偏巧王福至又扭头看他，他就又神态自若似的站住了。

　　王福至居然显出胜利者的得意了，他尖酸刻薄地问："老家伙，心虚了，也想开溜吗？"

那舅爷说："脚长在我腿上，走或不走，都是我的自由，你还干涉得了不成？"

话虽说得不无尊严，但对王福至叫他"老家伙"，却没表现出强烈的恼怒，这一点又显然在语势上处在了下风，暴露出确有几分心虚。

王福至"宜将剩勇追穷寇"，继续用打狗棍般的话语攻击他："老家伙，你三十多年前对人家陶女士父母做的那些坏事，难道你自己全部忘了？就是你全都忘了，你们尚仁村记着那些事的人还没死绝，我也了解了个一清二楚！我问你，你今天有什么资格在这儿露脸？我刚才没当众训斥你，那是因为我想给你个主动忏悔的机会……"

王福至一边说，一边仍在院子的另一侧踱来踱去，并且对他指指点点。不知为什么，陶娟的舅爷竟不快走两步逃出院子去，反而老老实实地驻足听着。仿佛认为，若不那样，定有夺路而逃之嫌，日后必将遭人耻笑。直到王福至其言尖酸其色厉正地说罢那一大番"檄文"性质的话语，他才还了一句："王福至你血口喷人呢！"——仅仅一句而已，并不恋"战"，末一个字刚落，身已闪出院外去也。似乎，又自认为那么走了，起码是走得体面的。

沃克刚想与陶姐说句什么话，陶姐也刚想与王福至说句什么话，王福至同样有话要对他俩说，正在这么一种时候，陶娟和她的"准丈夫"从屋里出来了。

陶娟拉扯着秃头男人，像在要求最后一名"战友"似的说："不行！我不许你也走！别人爱走就走，反正你不许走！你也胆小怕事一走了之，那就不配是个男人！那我再也不能瞧得起你！"

秃头男人一边挣着手臂一边信誓旦旦地说："你别这样啊！你这样像什么样子嘛！我不是一走了之不管你的事了，你的事还不就是咱俩的事嘛！我更不是怕，讨要赔偿又不犯法，我怕的什么嘛！"

他总算挣脱了手臂，显然是要向陶娟证明自己不怕，一一指点着陶姮三人，古代武士下战书般地又说："你们三个，今天暂且放你们一马！但是王福至你可要给我听仔细了，我俩和他俩的事刚开始，如果你胆敢把他俩放跑了，那你小子麻烦可就大了去了！那我就要让你王福至今后没一天安生的日子可过！"

王福至冷笑道："怎么？这事变成只和你俩有关的事了吗？那你俩纠集些个不三不四的男女干什么？陶娟，你要想清楚，如果这事变成了只和你一个人进行谈判的事，连他也别瞎搅和，那可就更好办了！人家陶女士和她先生是通情达理之人，又是宽宏大量的人，我相信这一点你是有感觉的！"

陶娟气呼呼地说："我没感觉！"

秃头男人助威地说："没感觉就对了！我也没感觉！"

陶姮说："陶娟，一笔写不出两个'陶'，咱俩姓的可都是陶渊明的'陶'！你应该相信王福至的话，我们和你之间，没有什么是不可以坐下来好好谈的。你是陶老师的女儿，我们夫妇认为，只有你才最有资格和我们谈……"

沃克也频频点头道："我完全同意我妻子的话，像我妻子说的那样，不受别人干扰，对咱们双方岂不都好？"

秃头男人气急败坏地大叫："挑拨！你们挑拨离间！陶娟别听他们的，他们是想孤立你！"

他一时无处撒气，看着那辆"奔驰"分外碍眼，几步跨将过去，瞄准了薄弱处猝下狠手，用力一扳，将车标扳掉在手中，举着向王福至晃几晃。用力甚大甚猛，连车标插孔也被扳豁了。

王福至心疼得跺脚、咧嘴，说不出话。

秃头男人一挥胳膊，将车标扔出院墙外；咚的一声，谁都听出是沉到污水塘里了。

"你敢把老子怎么样？"

秃头男人摆出一副牛二的架势。

王福至欲扑过去与之拼搏，被沃克及时拦住。

沃克说："你打不过他的，要教训他，那也得由我来。"

王福至自知非是其对手，英雄气短地说："那你替我打他。他刚才还一拳把我鼻子打出血了呢！我是因为你们的事才受欺负的，以往没人敢这么欺负我。你身高马大的，不应该眼瞧着我这么受欺负袖手旁观吧？你们美国电影里的男人总是那么英雄，你今天也不能装狗熊！"

陶姐正色道："福至，你别拿话激他！"——又对丈夫说："不许你动手啊。你俩打起来，对人家显失公平。打坏人家哪儿，还不又节外生枝？"

沃克望着秃头男人说："是啊，他哪里是我的对手呢？"——拍拍王福至肩，劝道："反正你借的是辆破车，车标又是假的，不值得多么心疼多么生气嘛！"

王福至显出快被欺负哭了的样子，大叫："值得！"

秃头男人不屑于再理睬他，双手往车前盖一撑，借力一蹦，蹿将上去，随之在车前盖上发泄地踩踏。且言："敢把我怎样？敢把我怎样……"

王福至要冲过去一决雄雌，陶娟夫妇一个拽住他左胳膊，一个拽住他右胳膊。

陶娟说："他那么做实在无礼，你一跟他打起来，明明有理也讲不清了！"

王福至说："他那等于是骑在我脖颈儿上屙屎！"

沃克说："你别那么认为，不就是了嘛！"

王福至又说："看，看，被他踩出坑来了！再破那也是辆'奔驰'，不修没法儿还的，一修得花不少钱！"

陶娟赶紧承诺："我出，我出。"

秃头男人突然停止了踩踏，站在车前盖上愣住，因为听到院外响起关车门的声音。

陶娟等三人也听到了，一齐将头转向院门，但见大力在前，副所长第二，后边是所长，最后是丽丽，镇派出所的四员干警悄无声息地鱼贯而入。

秃头男人还愣在车前盖上，不知缘何反应迟钝。

所长望着他问："李顺利，你站在车上干什么啊？"

陶娟夫妇这才知道秃头男人叫什么，王福至显然也刚知道，大声控诉："他在破坏我租来的名车！"

那秃头李顺利终于从车上跳下，见大力已双手叉腰堵在了院门口，神色有些慌张地将目光望向陶娟。

陶娟站在原地不动，只大声替李顺利辩护："所长，是他们三个先围攻他的！你们来得正好，要是再迟一步，不知会发生什么事呢！"

王福至刚欲反驳，被副所长举起一只手制止住。

所长又问："顺利啊，听说你不想到外地打工去了，想在本地找点儿临时的活儿干。这也好。本地的工资虽然比外地低些，但故土人情的，不至于受蒙骗，是不是？"

其语和蔼，表情温良，仿佛可亲长者在与晚辈拉家常。

陶娟又抢着说："是啊是啊，我也这么替他考虑的。"

所长再问："找到没有啊？"

李顺利终于抢在陶娟前边说出了一句话："正找呢！"

一说到工作，他不"牛二"似的了，"小三子"似的满腹忧愁了。

所长从头上摘下警帽，边扇凉风边又说："一时找不到也别急，工作哪哪儿都不好找。如果你对工作的要求不太高，又希望我们帮忙介绍介绍关系的话，我们都是愿意的。"

陶娟抢话唯恐不及地说："那敢情好啦！那我们多大面子呀！"

所长就将脸转向了陶娟，问她："你父亲的病情最近好些了吗？"

陶娟脸一红，低头未语。

所长将帽子戴上，不无批评意味地说："很久没去看他了吧？这可就不对了。你哥人家在省城，工作忙，不能常去看你父亲，那是有情可谅。但你不同，你的时间比较能够自主，离县城又近，而且还是你父亲唯一的女儿，你很久没去看他，他肯定想你啊！"

"他才不会想我！他巴不得没我这么个女儿！"

陶娟双手一捂脸，抽泣了。

丽丽就走过去，轻轻搂抱她，还掏出纸巾替她擦泪。

王福至心理极不平衡地说："看，看，本以为来的是给咱们撑腰的，却变成和他俩拉近乎了，这算秉公执法？还有没有法律的正义立场了？"

陶妲夫妇装没听到。

所长望着李顺利又说："你和陶娟的事，我耳闻了……"

"怎么，犯法啊？"

李顺利又"牛二"了。

所长无声而笑，说："那犯的什么法呢！你俩一个是离异妇女，一个是单身男子，哪天若真的组合为夫妻，好事一桩嘛！我只不过想证实一下是不是别人传的那么一种关系。现在由你亲口证实了，我也就明白你为什么也在这儿了。那么——"转身指着陶妲夫妇说："他俩来到你们尚仁村的缘由，你想必也已清楚了？"

不待李顺利说什么，陶娟又抢先道："所长，你可得给我做主啊！我父亲当年被陷害得太冤枉啦！从那以后，我们一家的命运就开始变得悲惨啦！……"

陶娟哭出了声。

所长望着她循循善诱地说："当年的事，首先是'文革'的罪过，也首先是尚仁村某些人对人家陶女士一家犯下了罪过。陶女士当年才十四岁，她的做法当然不对，但肯定不是出于陷害的动机，而是由于一个少女在特殊年代本能的自我保护意识，要是非说她陷害你父亲，那是不公平的。你们都是尚仁村的人嘛，仁的起码意思是凭良心为人处世嘛！在仁不仁方面，咱们中国的老祖宗们有些话说得挺好，比如'凡取与，贵分晓，与宜多，取宜少；将加人，先问己，己不欲，即速已；恩欲报，怨欲忘，报怨短，报恩长；能亲仁，无限好，德日进，过日少；不亲仁，无限害，小人进，百事坏'。都是些什么意思的话呢？无非是说，给予人家的东西，包括宽容，那要多些。想从别人那儿获得到的，那要少些。别人对自己的好处，要常记在内心里，时时希望有报答的机会。别人对不起自己的事，过去也就算过去了，不要总耿耿于怀的，寻思着哪一天能进行报复，那是不可取的为人处世。亲近好人，自己也会一天天变成好人。整天学不好的人怎么占便宜，小人就会来钻空子的。'近朱者赤，近墨者黑'讲的也是那么个道理嘛……"

那所长，像善背的学生背书似的，一句接一句，滔滔不绝稔熟于胸地背出了一套套的古话，又解释又诱导的，不但令陶娟和李顺利听得瞠目结舌，像是被催眠了；就连王福至也惊讶得有点儿发傻了；连陶姐夫妇，也不禁对他刮目相看……

所长话锋一转，忽问李顺利："顺利啊，我要与陶娟从容聊聊，争取帮双方把事情进行得都比较地满意。你是愿意留下听呢，还是宁肯回避一下呢？"

李顺利犹豫。

所长约法三章："如果你愿意留下听，那我可对你有要求：第一不能随便打断我们的谈话，第二不许动不动又吵闹起来，第三……"

陶娟说："所长，那让他走吧！"

不知是所长的"催眠"起了作用，还是所长温和的态度博得了她的几分信赖，总之，她情绪稳定多了。

李顺利不再犹豫，明智地说："那你们聊你们的。我这人脾气坏，一犯驴脾气你们准讨厌。我走，我走……"

于是大力从院门口闪开，李顺利赶紧往外走。

所长叫住了他，接着向大力伸手要什么东西。大力摇头表示没带，副所长从兜里掏出了一册橘红色封面的小册子，无言地递给了所长。

所长手持那小册子，终于迈步走向李顺利，递在他手里，语重心长地说："你也看到了，这可是我们副所长的，现在由我借花献佛，赠送给你，它可代表着我们镇派出所对你李顺利的友爱。你要认真读它，以后，我们抽时间交流交流心得。"

李顺利低头看一眼手中的小册子，半信半疑地问："说话算话？"

所长说："驷马难追。不过，那也得你确实认真读了，确实有了心得，哪怕是反对它的内容都是一种心得，否则咱俩有什么可交流的？"

所长说罢，后退一步，向李顺利敬了一个庄严又标准的警礼。之后，伸出一只手臂，向院门口那儿做出"请"的手势。

李顺利受宠若惊张口结舌。想必，他自出生以来也没受到过那么彬彬有礼又真诚的对待。他是完完全全地站在那儿呆住了。

大力也走到他跟前，也向他又庄严又标准地敬了个警礼，并朗声道："您请走好！"

李顺利这才恢复了正常意识，对所长深鞠一躬，又对大力深鞠一躬，胆小怕事似的仓皇走出了院子。仿佛唯恐另外两个穿警服的人再都对他敬礼；仿佛再受两次警礼，他准会自燃起来似的。

李顺利刚一"逃"出院子，陶娟说："所长，给他的书，那也得给我一本。"

丽丽赶紧说："我的给你！"——也从兜里掏出册一模一样的小册子给了陶娟。

陶娟又说："我看完了，谁跟我交流心得啊？"

丽丽笑道："我啊。不过你要是愿意跟他们三个中的哪一个交流，我没什么意见。"

陶娟被她的话逗笑了，所长等三人也都笑了。

陶姮夫妇和王福至没笑，他们都被亲眼所见搞得莫名其妙。尤其陶姮夫妇，觉得刚才发生在眼前的一幕幕很不真实，像被导演过，像看戏或看电影。

所长却并没与陶娟聊什么。他命丽丽留下陪陶娟过一夜。对陶娟说，不管她有什么要求，那都是可以对丽丽坦诚相告的，而丽丽将会毫无保留地汇报给他。最后，他问陶娟：同意不同意他们三名男警员替她，也替尚仁村将两位来自美国的客人送走？

陶娟不无惭愧地点了一下头。

于是所长们相帮着王福至将"奔驰"推出了院子。之后，所长请陶姮夫妇坐进了由大力驾驶的警车，他和副所长坐进了"奔驰"。

所长对大力说："在尚仁村绕两圈，广而告之，咱们来过了。"

于是警车前，"奔驰"后，在偌大的尚仁村的几条村路上绕来绕去地缓驶了两圈。沿路每见有人站在路边看着，陶姮夫妇认出，那些人中有他们在陶娟家见到过的男女。

陶姮忍不住问大力：所长给李顺利的那种封面橘红的小册子是什么书？

大力从兜里掏出了一册那种小册子朝后一递。沃克抢先接在手中，低头看时，却见橘红色封面上印着三个米黄色的字是"弟子规"。

沃克讶然道："你们派出所的人现在时兴看这个？"

陶姮夺过去翻了翻，也讶然道：我听我父母说过以前的中国曾有这么一本书，是一本少年儿童读物，但从没见过，不想今天开眼了！

大力说，是他们所长从书摊上发现的，才五元钱一本，当时站那儿看了会儿，不成想一看看出了思想价值，掏钱包把几十册全买下了，回到所里后，分给每人几册，希望大家平时带在身上，没事就看看，有了感想就相互交流交流，见了值得赠给的人，那就赠给一册……

沃克问：那你当时为什么不把你这册给李顺利？

大力说：我不认为他是值得我赠给的人啊！

陶姮低头看着《弟子规》对丈夫说："我念给你听啊——凡是人，皆须爱……同是人，类不齐……"

大力接着背诵："流俗众，仁者稀；果仁者，人多畏；言不讳，色不媚……我知道你想说什么，对李顺利那等混混儿，我见他一次，想训他一次！要求我爱他，标准太高了。不是看到所长给他敬礼了，我才不会也给他敬礼！《弟子规》上边虽然也有不正确的话，但大多数话是教人好，不是教人自认为往狠里死里整别人还有理……"

由一名镇派出所的警察口中说出以上一番话，陶姮夫妇听得感慨良多，一时都沉默无语，沉浸在各自的感慨之中。

不知不觉，"奔驰"已停在了王福至家院门前……

第 七 章

所长命大力留住王福至家，以确保陶姐夫妇之安全。

沃克问：我们还有什么不安全的吗？

陶姐也说，这也是我想问的话，请坦率明白地相告，我们也好有些心理准备和防范意识。

副所长笑道，我们派出所全体干警向你们保证，你们在一切方面都是绝对安全的……

所长打断道，亲爱的副所长，咱们也别把话说得那么绝对，有些事咱们还真保证不了，比如食品安全咱们就保证不了，出行的交通安全咱们也保证不了……又对陶姐夫妇说，你们要是逛集市丢了钱包或拎包，这种事我们不能保证不发生，更不能保证一定会替你们找回来，所以只能提醒你们自己当心点儿。又比如，你们绝对不可以再坐王福至租的那辆"奔驰"，实话告诉你们，那是辆当年被盗车团伙盗过的车，而且他们开着那辆车招摇撞骗，撞死过人，还在车内勒死过人。后来他们把车卖了，再后来那辆车又被转卖了好几次，现在，除了外壳还是原先的外壳，内里究竟还有多少零部件是"奔驰"车的，已没谁能说得清楚。开那辆车的人坐那辆车的人，等于拿自己的生命不当回事，也等于漠视别人的生命……

陶姐夫妇听得同时倒吸凉气，你看我，我看你，接着一齐看王福至。

王福至大窘，连说对那辆"奔驰"经历的那些事他一概不知……

所长训他说，要不是看在你小姨子的分儿上，我非扇你几个大嘴巴子不可！——转对陶姐接着说，希望你们夫妇出行，都要让福至陪着。你们别多心，不是让他监视着你们的行踪，而是要求他做你们身边的一个安全顾问。我们派出所将会为你们联系一辆县城里的正规出租车，提前半小时打过去电话，半小时后就开到这儿来接你们了。那样在出行方面安全多了，我们也放心多了。还有，尽量别在小镇上吃喝。除了小镇上卖的节令水果可以比较放心地买，大多数熟食品以不买不吃为好。不是说小镇上的食品都是垃圾食品，但劣质食品确实不少。当地大人孩子的胃肠功能特殊，常吃也没事。但你们二位不同。你们的胃肠肯定娇贵，再加上初来乍到，水土不服，也许几口就导致上吐下泻的结果。福至，你要尽量在家里弄饭给他们两位吃。如果你做的不干不净，他们两位还是吃出了问题，那我们就非拿你是问不可，别说到时候你小姨子的面子都不管用了！

王福至听得一脸肃然一脸凝重，如同被硬派给了一项艰巨的任务，却担心自己能力欠缺，因而会辜负希望败坏了考验似的。

副所长不客气地呵斥他："记住了所长的话没有？"

王福至诺诺答道："记住了记住了……"

副所长又训一句："记住了就要有种表示，聋啦？"

王福至更窘，红了脸连说："没聋没聋，请所长放心，请各位放心……"

副所长一转身将冰箱的门全都打开了，随之清理冰箱里的东西——拿起一样看看，闻闻，觉得有问题的，也不征求王福至的意见，甚至都不看他一眼，直接往地上一扔。片刻，冰箱里几乎腾空，地上却已堆了一大堆东西。

大力是很有眼力见儿的，不知从哪儿搞了一个装过化肥的编织袋，将那些东西一样样捡起，一股脑儿地全往编织袋里塞。

王福至斗胆问道："都扔呀？"

副所长没好气地说："不扔还留着让你做给他们两位吃吗？这是什么？"

副所长手拿一大块霉迹斑斑的东西问王福至，厚厚一层霉毛快使那东西变成灰白色的了。

王福至说："你这不是明知故问吗？"

副所长厉声道："你别管我是不是明知故问，我现在问的是你！"

王福至说："你别鼻子不是鼻子脸不是脸的！好好好，问我我就告诉你，那是一大块腊肉。"

副所长追问："腊肉也往冰箱里放？放冰冻层还好，那也算冻上了！还放常温层，今天取出切下几片明天放进去后天再取出切下几片，一会儿冻一会儿化的，能不变质吗？！"

副所长直接将那一大块腊肉扔编织袋里了，而大力，同时正将几嘟噜也长了厚厚一层霉毛的腊肠往编织袋里塞。

王福至又心疼得龇牙咧嘴了，上前边与大力争夺编织袋，边嚷嚷道："所长你看他俩，这不是要败我的家嘛！我不做给人吃，留着给狗吃还不行吗？"

所长也厉声道："福至你干什么？他俩是在执行我来之前的指示！以后你也不许拿那种东西喂我的狗！从现在起，你是在替县里市里做接待工作，你这里是整个接待工作重要的一环！这是政治任务，明白吗？你再计较那点儿个人损失就是太没政治觉悟的表现！"

王福至一头雾水地松开了手。

沃克一想到自己在饭桌上津津有味地吃过的腊肉原来是从那一大块可怕之物上片下来的，顿时一阵反胃，捂着嘴跑到院子里去了。陶姐却没那么强烈的生理反应，她对腊肉的本来面貌有免疫力，而且一向承认那是中国食文化之一脉，故持相当尊重的态度。

使她反应敏感的是另一半原因。

她满腹狐疑地问所长："所长，我们的事，怎么竟成了你们的政治任务呢？"

所长说："咱们别在这儿看着他俩倒腾那些品相不佳的东西了。眼不见心不厌，也到院子里去吧！"

于是陶姐跟在所长身后走到了院子里。

沃克站在院子一角，干呕了几次，除了呕出几口胃水，并没呕出什么有形物质。

所长递给他一支"中华"烟，说烟民的一大好处那就是感到恶心的时候，吸几口烟就可以成功地将恶心压下去。起码可以起到转移生理反应的作用。

沃克猛吸几大口烟，脸上那种受到严重摧残般的苦难者表情果然渐渐消失。

所长这才对陶妲解释——他们夫妇俩的事，县里的市里的乃至省里的有关领导，都一级一级做了重要的电话指示，要求各级治安人员积极配合，不容节外生枝，不许出任何差错，须当成与中美关系息息相关的一件大事来关注……

"怎么会这样？"——陶妲吃惊极了。

"我们夫妇要办的事情，与美国政府没有任何瓜葛！上帝做证，我们要办的事是完完全全的个人行为！"——沃克也唯恐不及地发表声明。

他俩说话时，所长就停止了吸烟，将持烟的手背于身后，另一只手习惯成自然似的横在身前，谁说话就专注地看着谁的脸。等他俩先后说完了非说不可的话（他俩显然是这么认为的），所长这才将吸烟的手又调动到身前。他缓缓吸一口烟，走开几步，将烟头踩灭在院子角落，并随手从长在那儿的栀子花棵上折下两段，走回来给了陶妲夫妇。

他说："这花好。有点儿土就活，开花又多，花气又香。睡前放枕边，闻着花香睡，连梦都是香的。"

两段花枝上各开着五六朵洁白的花，花气果然香得令人陶醉。

"这个季节，正是栀子花盛开的时候。有那农村的老太太小女孩儿，一采采一竹背篓，穿成大小串儿，再背到县城去卖钱。小串一元，大串两元，县城里的人很喜欢买。"

分明，所长是个对栀子花深有感情的人。

但栀子花的洁白与香气，并不能打消掉陶妲内心那种狐疑。

她提醒道："所长，您还没回答我的问题呢。"

沃克也说："是啊，那同样是我的问题。"

所长笑道："两位，千万别误会啊！你们要办成的事，当然是百分之百的个人行为，这是毫无疑问的。可是在中国呢，各级领导一重视什么事，就习惯于强调那事是政治任务。领导们既然那么强调了，我们下边的人，当然也就只能那么来领会。我们不那么领会，不是就会显得我们下边的人掉以轻心了吗？陶教授，这也是中国特色，您是能够理解的嘛。"

沃克就说："那，我明白了。"

陶姮却说："但是所长，我还是有些不明白，怎么我们这种事，搞的从县里到市里到省里，好几级领导都知道了？"

所长就耐心可嘉地解释了一大番话。他说，您二位想啊，您俩从美国来到中国，再来到我们省城，那都不会引起特别关注。现在，全世界许许多多的外国人，每天都从四面八方往中国来嘛！我们省有两三处国家级旅游景点，每年吸引来的外国人也不少。那几处旅游景点集中在省城周边，所以他们基本上都是住在省城的宾馆饭店里，观光之后，往往第二天就飞离省城了。可您二位不一样，您俩只在省城住了一晚上，第二天来到了管辖我们这个县的市里。那只不过是我们省的一个地级小市，还不到五十万人口，全市最高级的宾馆去年才评上三星，周边没什么值得旅游的地方，全市也没一家外企或中外合资单位。总而言之，我们那地级小市太不起眼了呀，几年都见不到一个老外。忽然有一天来了一位，还有一位是我们中国侨胞的女士陪同着，住宾馆一登记，还都是美国一所著名大学的教授，您丈夫中国话还说得那么好，当然就引起……

陶姮插问一句："注意？"

所长说："不是注意不是注意，仅仅是好奇而已。是啊，你们来到中国这么一个不起眼的小市干什么呢？不由人不多想啊！"

陶姐又问："哪些人？"

所长被问得一愣，随即又笑了，技巧地说："听您的话使我觉得我越解释，您的疑惑反而越多了、越大了。没关系，怪我不会解释。总而言之吧，容易引起人多想的事，不管什么人多想了，那不都很正常吗？"

"所以，我们再从市里到县里，从县里到镇里再坐农民才坐的小面包到这个村里，一路上就都被关注啰？"

陶姐显出很不高兴的样子来。

沃克说："如果真是那样，太伤害我们对中国的好感了。"

所长说："两位还是先把您俩的一堆疑问往一边放放，听我解释完。我就是再口拙舌笨不善于解释，解释完了，相信你们的种种疑问那也会打消的。"

陶姐不无嘲讽地说："您很善于解释。"

所长厚道地一笑，看上去一点儿也没往心里去，继续进行责无旁贷、艰苦卓绝的解释。看得出，他对他的解释自我给出的分数其实也不低。

按他的说法是这样的——各级领导之所以重视陶姐夫妇的事，完全是由于他的汇报。他之所以汇报，完全是由于王福至在陶娟家发给丽丽的一通短信。丽丽看了短信，立刻也给他看了……

"王福至那小子，在短信中告急，说是他和您二位，被陶娟纠集的一伙刁民扣押在尚仁村了，对方情绪失控，你们三个的处境很严峻，很危险。您二位想啊，您俩是美国公民啊，两位美国著名大学的教授啊，而且您俩此行的愿望那么良好，令人感动，这要是有个三长两短，我们镇派出所能没责任吗？那我这所长还当得成吗？我事先见到过您二位啊，对您二位要办的事是清楚的呀。所以，我哪敢怠慢呢，抓起电话就向县里汇报了，能理解吧？"

陶妲夫妇同时点头。

"县里的有关领导听了我的汇报，先是命令我们火速赶往尚仁村去解围，紧接着也向市里的有关领导汇报了。事情关系到你们两位美国教授的安危，他们敢不汇报吗？也能理解吧？"

陶妲夫妇不由得又点头。

"我刚才说过了，我们那是一个地级小市，冷不丁下边汇报上来这么一件事，有关领导的神经那也够紧张的啊！怕你们有个三长两短，这只是他们的一怕。还怕你们的事如果办得不顺利，陶老师家族那一方不领情，纠集更多的人，闹到市里，甚至闹到省里，那不是好事变成坏事了吗？两怕中的哪一怕一旦成真，不少人那就可能丢官啊！所以市里也得及时向省里有关方面汇报对不对？设身处地，您二位若也是我们这儿县里市里熬到了一官半职的人，第一反应不也是得赶紧汇报吗？县里的头头脑脑，除了书记和县长有百分之几进步到市里的可能，绝大多数副职退休前再能转正那就谢天谢地了。可即使转正了不才是个正处吗？地级市的市长书记，进步到省里的机会更小了，比针眼儿还小。所以呢，他们胆小怕事是必然的。一旦丢了官，不是大半辈子白熬了吗？胆大的当然也有，一手遮天的当然也有，但毕竟是少数。而且呢，十之八九还有靠山……理解？"

陶妲夫妇三点其头。

人家所长说得在情在理，他俩听得也只有点头的份儿了。

"我是在车上接到县里的指示的。一位副书记亲自给我打的手机，传达了市里省里的指示之后，要求我必须每天按时向他汇报一下您二位的情况，您俩那事进展如何。您二位倒是说说，一级一级这么关心您俩的事，他们和我们，到底应该不应该呢？如果您二位还是认为不应该，那么请当面指出，他们和我们，又究竟错在哪儿呢？我的解释到此完毕，现在我洗耳恭听了……"

陶姐夫妇互相看看，一时都面有愧色。

"要我说，您二位不远万里来到我们这儿，纯粹多此一举。弄不好还事与愿违，适得其反。真真诚诚地来了，兴许会懊懊恼恼而去……"

不知何时，副所长也从屋里出来了。陶姐夫妇转身看着他，听着他那种等于是不客气的批评的话，不但面有愧色，简直还有些无地自容了。

副所长也不想照顾他俩面子，乒乒乓乓地只管指责："你们的愿望虽然是那么的良好，但是良好的愿望那更应该由良好的方式方法来实现。比如你们如果从美国寄来一笔钱，多的话，十万二十万的，够尚仁村中学当成一笔奖学金用几年了。少的话，比如三万五万的，委托信得过的朋友直接送给陶娟，再附上封短信，只字不提当年那档子双方都不堪回首的事，那不也很好吗？那陶娟就会觉得真是天上掉馅饼了，也许还会把你们的信供在家里呢！三万五万，对农村是大笔钱数，亲兄乃弟同胞姐妹之间都未必肯给！"

所长打断道："都未必肯借。生活好的一方，即使有那种能力，还怕生活穷的一方还不起呢！"

副所长接着说："是啊是啊。现在，六亲不认只认钱的人，太多太多了呀！可您二位倒实在，亲自到尚仁村去了，还哪壶不开专提哪壶，非把当年陈芝麻烂谷子那些破事从头抖落！要抖落那就连尚仁村和陶老师摆不到台面上的做法一齐抖落呀，你们却又不，反而替尚仁村和陶老师披着藏着的，只承认自己当年的不对。那，结果可不就成了这样——似乎对方是百分百的受害者了，占足了百分百的公理了，人家当然狮子大张口，漫天开价啰！人还怕钱咬手吗？哎，简简单单的事让你们搞复杂了！陶女士，你说你们两口子亲自回来干什么呢？不是无事生非自讨没趣吗？你们给我们、给我们省市县各级领导也添了多大烦恼多大麻烦啊！"

陶妲夫妇被副所长夹枪带棍地数落得一愣一愣的，那情形如同交警训斥严重违反交通规则的没脑子司机，夫妇二人的脸红过一阵，刚恢复了常色，紧接着又红了。

陶妲低头沉默良久，抬头看着副所长，对他的批评有所保留地说："我亲自回来，是因为只有这样，才能表达忏悔的真意，我的良心才会得以平静。并且我和我丈夫来之前都相信，当年同样对我一家做了罪过之事的人，也肯定希望有一个当面向我忏悔的机会……"

"懂了懂了，别说了！"——副所长不客气地打断她的话，老师教导笨蛋学生似的又是一番谆谆教导："记住，许多中国人缺的就是忏悔心！能不忏悔就不忏悔！不忏悔根本不成什么良心问题！能把罪过之事一干二净地推给别人，那还很得意呢！你们得记住，要习惯的是忘却！都善于忘，便你好我好大家都好！"

陶妲据理力争："但我认为，普遍的中国农民是最善良的，所以应该比你说的那些人更明白做了罪过的事应该忏悔的道……"

副所长又毫不客气地打断她的话："错！你认为你认为，你认为只不过是你认为！你要求普遍的中国农民也像你们一样具有忏悔意识？他们的良心不安是要用好处来换的，有时候是要用钱来买的！如果你真拍出一百万美金，我替陶娟他们担保，你希望他们怎么忏悔他们就怎么忏悔！写忏悔书交给你，登报，上电视，都没问题！他们绝对会百依百顺的！这不是因为他们天生就贱！是因为他们贫穷了几辈子，穷得没了多少志气！"

"我们真拍不出那么一大笔美金……"

陶妲的脸红得像西红柿了。

副所长半点儿面子也不给，顶了一句："那你凭什么指望对等的忏悔？也许一百年后，忏悔在中国才不必用好处换，不必用金钱买了！"

副所长一大段话一大段话地批评陶妲时，所长又吸上了一支烟，也又给了沃克一支。陶妲觉得，副所长那么不客气地数落她，是正中所长下怀的。她开始认为自己被数落、被别人夹枪带棍地嘲讽和挖苦确实是自找的了，因为自己真的给别人添了大大的一种麻烦。

所长终于又开口说话了。他朝陶妲笑笑，幽默地说："行了，批判会到此结束。陶女士，别生我们副所长的气啊，他性子直，心里有什么嘴上说什么，得罪不敬之处，您可多担待呀！"

"我不生气。我向你们道歉。"

陶妲向他鞠了一躬，也向副所长鞠了一躬。

"哎呀哎呀，不敢当不敢当！"

副所长也脸红了，赶紧反鞠一躬。

所长又笑道："看，更复杂了吧！你们接着聊，我得到后院去和我的狗告别了……"

他说罢便往后院走去。副所长说了句"失陪"，也跟去了。沃克看着陶姮脚下却已迈出了一步，欲相随而去又忽觉不太应该，一时犹豫在那儿了。

陶姮说："别看着我啦，去吧。"

沃克大孩子似的笑了，不好意思地说："就去一会儿！"

前院只剩陶姮一人时，她心中顿生一种大的孤独感和一种新的内疚感。如果说回国前她认为自己只对不起陶老师一人，那么现在则不然了，别人使她明白，她给不少人添了事端和麻烦，她也应该觉得对不起那些人……

后院传来那凶猛大狗亢奋的叫声。

屋里，王福至和大力争吵了起来：

"腊肉不长毛还叫腊肉吗?!"

"你住嘴，我在执行命令！"

连丈夫她也觉得对不起了，她忽然想哭……

此地的夜晚才更像夜晚。一年三百六十几天，当地人所见明月当头银河呈现繁星布满夜空的情形是不多的。通常的夜晚，总像是一只无形的大手将拱形的盖子盖将下来。那盖子起初并不多么黑，随着夜晚时间的推移，渐渐地就很黑了，终至黑得伸手不见五指。这样的夜晚，说是"天黑了"，确是再恰当不过的说法。

这个夜晚也不例外。

前两个晚上，陶姮对于"天黑了"还没什么不适应的感觉。十三岁的时候，随父母落难此地的她是很盼望天黑下来的。因为"天黑了"，则意味着对于她和父母，一白天谨小慎微提心吊胆的处境似可暂告一个段落了，不至于再听到呵斥和辱骂了。"天黑了"，安全也就开始降临了。而"天亮了"，却使她的神经随之又紧张起来了。此地是一处小盆地，四周被半高不高的群山包围，湿气浓重，形成了多雨少晴的小气候，所以连夜晚也一向潮热无风。

但此刻，陶姐忽觉很不适应了。除了不适应仿佛被置身在桶中的那一种黑，还很不适应那一种无边无际似的静。那一种黑那一种静，使她觉得除了王福至家的宅院，除了自己和丈夫以及另外两个男人，地球上似乎再没有人类了。这农家宅院以外，也似乎再没有别的宅院。再没有村落、小镇、县城、市以及省城了；似乎北京只不过是一种传说，而外国则纯粹是神话了。她这种不适应，很大程度上是由于内心的孤独引起的。但她尽量掩饰着不流露出来，因为她明白，她的情绪怎样对丈夫和另外两个男人的情绪影响很大，她宁肯强装笑颜，也不愿使他们再感到什么压力了。

所长、副所长走后，陶姐抢着做了晚饭。说是抢着，其实也只不过是代替了丈夫而已。王福至因为腊肉和腊肠全被扔了，大为不满，闹起情绪来。

他说："一点儿腊肉腊肠都没有了，这饭我根本不知道该怎么做了！"

听来，他的话简直就是"罢工"宣言。

大力白他一眼，也发表声明似的说："我的任务是保卫你们三个的安全，可不是留下来给你们做饭的。真没人做饭的话，我饿一顿两顿那也没什么。"

王福至挖苦道："保卫我们的安全？你连支枪都没带，就是万一发生了不好的事，你又能靠什么保卫我们？"

大力正气浩然地说："为什么非带枪不可？方圆几十里内都是农家，万一发生了不好的事，那我们面对的也是农民。用枪对付农民是错误的，也是愚蠢透顶的。能用道理把聚众闹事的农民说散了，那才算能耐。"

王福至继续挖苦："就你，有那种能耐吗？"

大力自负地说："我还真挺希望有个机会让我证明我有。"

沃克怕他俩越说越不快，息事宁人地来了一句："我做！"

王福至和大力一齐转脸看他，都不接话，都一脸的嘲意。

沃克表情不自然了，追加一句："我做有什么问题吗？"

大力这才说："爱做你就做呗，但我们有不吃的权利。"

王福至接着说："冰箱里还剩几块冻骨头，我看你把骨头化了喂狗去吧！你不是挺在乎那狗对你的态度吗？"

陶姐看不过去他俩拿自己的丈夫打趣，庄重地说："他很会做饭的。但是今天晚上，我又想做顿饭了！"

王福至几乎同时说："要得要得！"

陶姐派王福至骑摩托到镇上去买馒头和咸菜。等王福至回来时，她已煮好了粥，拌了一盘西红柿、一盘黄瓜，炒了一盘青椒土豆丝和一盘茄子。王福至不但买回了馒头、咸菜，还买回了几瓶啤酒和半只熏鸭。

晚饭大家吃得倒也个个满意，连陶姐也喝了一杯啤酒。但她一口也没吃熏鸭。王福至不许大力吃熏鸭，护着。大力趁他不备抢到了几块，边啃边说味道很不错。沃克见他俩吃得津津有味，忘了所长的叮嘱，禁不住诱惑，也吃了几块，也说味道不错，并夹了一块想往陶姐的粥碗里放。陶姐却将所长的叮嘱牢记在心，用筷子搪住丈夫的筷子，端着粥碗起身离开了桌子。

晚饭后，她冲过澡，早早地就回到了房间里，躺在床上看《弟子规》。而三个男人，则在楼下看电视。

她忽然听到丈夫在楼下大声叫她，不知他有什么急事，赶紧穿上鞋走下楼，丈夫却说她下楼晚了，没看到电视里播的一条重要国际新闻。

她皱着眉埋怨："全世界每天都有新闻，我就是少知道一条也变不成傻瓜，非得你大喊大叫地把我惊动下来吗？"

丈夫神情凝重地说："美韩还是要在黄海进行联合军事演习！"

陶婳一愣。自从踏上中国的国土，她已经连续几天没看电视没看报了。并且，也不觉得那样的一条新闻有多么不寻常。她愣是因为丈夫的样子，而不是因为那条新闻感到吃惊。

沃克看出了这一点，又说："中国外交部发言人表示强烈抗议了。"

她反问："那不很正常吗？"

丈夫也被反问得一愣。

大力说："中国的抗议很正常，美韩的联合军演不正常。"

那话听来，像一位中国外交官在答记者问。

王福至紧接着问她："如果中美打起来了，你们还回不回美国了？"

陶婳立刻敏感地联想到了自己的话曾被"汇报"的事，以问代答："你认为中美发生战争的可能性很大吗？"

王福至也被反问得一愣。

陶婳自答自问地说："中美之间根本不会发生战争，因为首先两国人民将一致反对，包括你们，包括我们，对不对？"

三个男人便都看着她频频点头，如同三名接受老师论文辅导的国政系研究生。

你一句我一句的，不知是谁扭转的话题，又都议论起了所长和副所长。

王福至说，其实他对所长在陶娟家的表现是超服气的。以前他也没看出所长有什么能力水平呀，怎么今天换了个人似的，彬彬有礼的，三下五除二的，易如反掌似的，怎么就将陶娟和李顺利给摩挲得服服帖帖的了呢？没法儿让他不服气。

大力说，所长当然是有水平的，人家从二十来岁就是镇派出所的警员了，都二十六七年了才熬成所长。他的最大长处了解农民，知道在什么情况之下怎么使情绪化的农民平静下来。论他这方面的丰富经验，那都可以写成警校教学书了。

沃克说，他觉得副所长今天的一些话说得也很实在，尽管差不多都是训他和妻子的话。但人只要实话实说又说得有几分道理，大多数挨训的人是不会生气的。

大力说你们夫妇俩没生气就好。说副所长是从省警校毕业的研究生，因为家是农村的，没任何城里的关系，本来能留校，最终还是被有硬关系的同学顶出了校门；能留在省城最终也被顶出了省城；被有各种各样社会关系的同学顶来顶去，最终顶到了这个镇的派出所，才算终于落脚稳定了，没人再跟他争位置了……

"他看问题很深刻。"

大力用这句话结束了对副所长的评价。

王福至说："听你话的意思，好像所长就不深刻。"

大力立刻表白："他们二位做证，这可是你说的，我的话没那种意思。所长看问题，掰开了揉碎了，喜欢看到最简单明白的那一方面。而副所长习惯于往一些事情的根子上细看。都不是菜鸟，各有各的能力，各有各的水平。"

听得出来，他对两位顶头上司很是钦佩。

沃克忍不住问："那你，就甘心当一辈子小镇警员，不想努力混个所长、副所长的当当？"

大力哈哈笑了两声，轻描淡写地说："咱也不是那块料哇！在两位领导心目中，咱还算是名称职的属下，那就谢天谢地心满意足了！这人嘛，多少总得有点儿自知之明啊！"

陶姮单看着丈夫一人又说："别瞎聊了，跟我上楼吧。"像一位对儿女管教很严的妈妈对小儿女说别玩了跟妈回家。

丈夫冲另外两个男人发窘地笑笑，很乖地跟在她后边上楼去了。

夫妇二人一回到房间，丈夫不悦地说："随便聊聊有什么？你不至于以为他俩谁的兜里揣着录音机吧？"

"那谁知道？"

陶姮往床上一躺，又拿起了《弟子规》。

丈夫却在屋里东看西看起来。

她奇怪地问："你想找到什么？"

丈夫说："想检查一下房间里有没有窃听器。"

她皱眉道："别贫。快去冲澡，早点儿上床休息。"

丈夫却说上床可以，但睡觉太早了。一边说一边脱了鞋上了床，俯身吻她一下。她领会了那一吻的诉求，将身子一翻，侧躺着了。于是丈夫也躺下去，从背后温柔地搂着她，不着边际地说："我再一次向你请罪。"

她一动未动，困惑地问："又做什么对不起我的事了？"

丈夫说："还是我和丽丽那件事。"

她扑哧笑了："别牵连上人家丽丽啊，那纯粹是你自作多情。你以为每一个年轻的中国女子都对美国老头儿想法多多呀？栽面子了吧？"

他说："我想，当时我是真醉了。"

她说："我想，当时你是真以为中国小镇路边的野花一定很容易采了。不过你的自作多情是全世界已婚男人的通病，我宽恕你就是了，以后别再提了，过去了那就是过去了。"

丈夫问她对镇派出所的四名干警今天的表现怎么看。

她反问他怎么看。

他说，和他们发生冲突那次，他认为他们是中国的一些坏警察；和他们坐一块儿喝酒那次，他认为他们是些本色不好不坏的警察；而今天，他认为他们是些很称职的警察。尤其所长的表现，不但很称职，简直还挺有水平，使他见识到了他们警察本色的另一面……

陶姐表示同意丈夫的看法。她以美国电影《撞车》中那名警察为例，认为全世界各个国家都有些同样的警察，就职业本色而言他们差不多是优秀的，就人性本色而言他们各有各的心理问题。当他们的心理问题凸显，占了上风，必然给人以坏警察的印象；当他们的职业本色凸显，责任感占了上风，自然令人起敬意……

丈夫说，所长发给每个部下《弟子规》，肯定是希望通过良好的文化来化解自己和部下的心理问题，这一种想法是积极的。

陶姐说最近她形成了一种社会观点，那就是她认为文化在政治之上。政治中如果少了文化元素，那就差不多仅仅变成统治术了，除了权谋与阴谋，差不多再就没什么了。而从文化中剔除了政治，它还是那么源远流长，气象万千，丰富多彩。一个好的社会一定是一个好的文化体现于方方面面的社会。而一个特别政治化的社会肯定是不成熟的社会，甚至可能是病态的畸形的社会。中国的问题恰恰在于，某些政治人物对文化不够尊重。

丈夫说，中国的官员们不是都很重视文化吗？所长就是一个例子自不必说了……

陶姐打断道，所长不能成为一个例子。镇长才是科级干部，他只不过是副科级，根本算不上是官员，是国家公务员而已。他的做法，也只不过体现了基层国家公务员对文化的本能觉悟。

丈夫说，能有这一种觉悟也很好啊！

陶姐说，但是中国大小官场上有些复古派，谈文化思想只谈以孔子为代表的古代文化……

丈夫说，孔子是伟大的，我可是先爱上孔子，后来才爱上你的！

陶姐说，孔子当然是伟大的，但他首先是封建历史时期的思想家，他维护封建秩序和道统的思想根基是至死没变的。"克己复礼，悠悠万事，唯此为大"[1]之类孔子的话证明了这一点。不少中国当代复古派文化人士，却成心回避这一点，仿佛如果能成功地用孔子语录来教化当下人，自己就为中国当代政治立了文化大功了似的……

丈夫连连摇头，说亲爱的啊，我至今仍是孔子的忠实粉丝啊！你不能这么无情地动摇我心目中的文化偶像啊。我记得80年代中期，西方有几十位诺贝尔奖获得者聚在一起开会，说只有用中国孔子的思想，才能更好地解决世界上遗留的和将会发生的种种问题……

---

[1] "克己复礼"语出《论语·颜渊》，"悠悠万事，唯此为大"语出《后汉书·李固传》。1970年前后，两句话曾被连在一起写为条幅，广为流传，以致一些人误以为两句话均为孔子的话。——编者注

丈夫将手从陶姮身上移开了。她感觉到他坐了起来，便也又一翻身，仰躺着了，这样两人就可以互相看着了。

对于他们夫妇二人而言，如此这般的床上思想交流、碰撞、讨论乃至辩论，太是家常便饭了。双方有时会辩论到面红耳赤的程度，但总的来说并不损伤感情。恰恰相反，关系越来越亲密了。并且，因为互相经常能从对方的思想中吸收营养，取长补短，从而丰富自己的思想，所以由亲密之中，渐生出彼此都很由衷的感激和敬爱来。

如果说这世界上只有为数不多的两口子关系不但是一向亲密的而且还是彼此敬爱的，那么这两口子便是少数之中幸运的一对了。更有时，床上辩论还会成为这两口子之间的一种乐趣。丈夫为了补充思想论据以使自己立于不败之地，每至于赤身裸体地蹦下床去，启动电脑搜索一番相关的资料，或站在书橱前不厌其烦地东翻西找，放回一本书籍取下另一本书籍，直至从书中发现了一心想要找到的一段文字为止。再上了床，则会将她搂在胸前读给她听，之后每问："亲爱的，承认我是对的，你是错的吗？"

倘她确被辩服了，她会乖乖地承认的。

即使未服，往往也会这么说："今天到此为止，明天继续行不？"

或说："咱们先让思想见鬼去，互相补点儿氧怎么样？"

于是丈夫就会放下书籍，情欲强烈地吻她。

接下来，连做爱的感觉都好得没比……

简直也可以说，这两口子在床上的思想交锋，大有做爱前戏的意味。他们在床上讨论和辩论过的事情、问题，几乎涉及了古今中外的方方面面。一对夫妇如果都不是喜欢思想的人，他们一辈子在床下说的话肯定比在床上说的话多得多。上床之后再缺少做爱的"节目"，其实同床而眠是顶没意思的，那真的还不如各睡一张床舒坦。倘只有一方是喜欢思想的人，那么这一方往往会将床笫当成了"百家讲坛"。而另一方要么终于有一天烦了，恨不得将对方一脚端下床去；要么修炼出了一种真功夫，能将对方的喋喋不休当成催眠曲。只有夫妻双方都是像陶姐和沃克那样的人，床才不但是有性趣的地方而且是有兴趣的地方，才是值得宁肯多花点儿钱也要求一下品质的东西。

丈夫将双腿蜷曲了，搂抱着，侧脸低头看着她说："我想听听你对中国传统文化思想的总体看法。以前，我们在这方面交流得很少，我一直觉得你是像我一样热爱中国传统文化思想的。现在我才了解，其实不是那样。说说吧，我现在比任何时候都想听你的真实想法。"

丈夫的话说得很忧郁。表情也那样。

陶姐心里倏然一阵难过，几乎掉下泪来。她明白丈夫的话其实等于在说——亲爱的，留给我们能这样交流思想的时间已经不多了啊！

她伸出了一只手，丈夫便也默默伸出一只手，让她握着。

她也温柔地看着他，苦笑一下，回味地说："以前，我们不但在自己家的床上，而且在我们旅游时所住的酒店的床上、汽车旅馆的床上、乡间旅馆的床上，也说啊争啊地讨论过各种各样的问题，但从没在别人家的床上讨论过对不对？"

丈夫点了一下头。

她问："亲爱的，你至今仍觉得那是些愉快的时光吗？"

丈夫又点了一下头，将她的手举到嘴边轻吻着；他快哭了。

她安慰道："别哭，亲爱的……依我看来，传统的意思无非是说某种道统的传承，对于中国古代的文化思想。一次'文化大革命'造成极大扫荡。'文革'以后几乎全体中国人的头脑，都须经过一个排毒的过程，才能再装进新的与现代人的头脑相匹配的思想。有的人较快也较彻底地完成了排毒过程，当然也就较自觉地往头脑里装进了新思想。有的人的头脑里，早已被塞满了有害的思想，连脑壳骨都中毒了，整个大脑快变成一块有毒的结石了，哪儿那么容易装进什么新思想呢？而还有更多更多更多的人，头脑不是用来自己思想的，似乎天生就是用来供别人往里塞思想的器物。没谁天天月月年年像从前那样硬往他头脑里塞了，他的头脑似乎也就没什么用了，似乎只接受或产生一点儿能不使自己吃亏的小聪明小狡狯也就够了。如果还能使自己善于占便宜，在名利方面先下手为强，那他就会自认为是个智慧型的人。厚黑学在以前是一种讽刺的文化现象，现在呢，似乎成了普遍的价值观，人人心照不宣，奉为广大神通的诀窍。所以中国的传统文化思想，倒是也有些人士在传，但即使这些人士中，真信奉并且身体力行照着那么去做的又有几个呢？他们中某些人，一方面在电视中大谈君子近义小人近利，一方面趁机炒作自己。与某些出版社出版商那种既同谋又在版税方面贪欲十足的劲头，比他们所谓的小人更近利忘义甚而根本不义。亲爱的，作为中华民族的女儿，我陶姆有何德何能，竟敢蔑视我们几千年以来丰厚无比的文化思想呢？我并不赞成鲁迅们将中国传统文化思想视若粪土的态度，我也做不到像王观堂那样为中国传统文化思想去殉身。我所无比敬爱的，其实是蔡元培、胡适、李大钊、陈独秀们那样一些历史人物。蔡元培、陈独秀们，早年是组织过'四不会'的，就是不吸大烟、不酗酒、不赌博、不嫖妓。我猜想，他们小时候即使没读过《弟子规》，肯定也有师长们用《弟子规》从小教诲过他们。而陈独秀们，后来还将'四不会'更名为'八不会'，对自己德行的要求更多更严了。像陈独秀和李大钊这样的人物，他们既是倡导变革的革命者，又是按中国传统文化思想所推崇的'士'的风范要求自己的君子型人物。他们可不是那种乱世枭雄式的革命者。但亲爱的，我对中国近代史的真相了解得更多一些之后，以现代人的眼光来看他们，简直不能不被他们的人格魅力所折服啊！最主要的，他们在他们所处的时代，又都是民主主义者。民主主义在当年不就是新思想吗？所以他们当年又都是些以火一样的热情拥抱新思想的人。蔡元培病逝后，傅斯年说：蔡元培先生实在代表两种伟大文化。一曰，中国传统圣贤之修养；一曰，西欧自由博爱之理想。此两种文化，具其一难，兼备尤不可觏。先生殁后，此两种文化，在中国之气象已亡矣！而蔡元培说：'近代学者人格之美，莫如陈独秀！'他又说胡适'旧学邃密，新知深沉'。还有人说，胡适是'传统中国'向'现代中国'发展过程中，继往开来的一位伟大的书生，一位启蒙大师。陈独秀呢，他是这样评价李大钊的：'从外表上看，守常是一位好好先生，像个教私塾的人；从实质上看，他生平的言行，诚如日月之经天，江河之行地，光明磊落，肝胆照人。'而陈铭则如此评价陈独秀：'谤积丘山，志吞江海，下开百劫，世负斯人！'啊，中国当年还有一位人物卢作孚，是上海也是全中国全世界最清贫的银行家，梁漱溟说他：'胸怀高旷，公而忘私，为而不有，庶几乎可比于古之贤哲焉。'他们都是被传统文化思想化到了灵魂深处的人，也都是西方现代文化思想的播种者……亲爱的，我说了这么多，其实是想嘱咐你，我死后，你不要像以前那样，再轻易发表一些关于中国传统文化思想的文章了。比起我来，你还是不太了解中国的。占世界人口将近五分之一的一个国家，一直缺乏当代的文化思想力怎么行呢？没有新的，才只能祭起古代的。古代的再好，也不能靠它来当盾，企图阻挡新的。这是很可笑的，是文化思想方面的懦夫行径。与当年的蔡元培们相比，实在是虚伪。所以，作为我的丈夫，你不要由于看不透这一点而跟着瞎起哄。孔子解决不了中国的什么实际问题，仅仅靠《弟子规》也不能为中国造出一代新人。"

丈夫孩子似的哭了起来。

这时，窗外忽然呈现了满夜空的礼花。

几分钟后，夫妇二人出现在王福至和大力面前，奇怪地问他俩礼花为何而放。

那两位爷都舒舒服服地仰坐在竹躺椅上，各自手持蒲扇，边看电视，边用蒲扇啪啪地打蚊子。另一只手也没闲着，不时从托盘里抓起瓜子嗑。嘴也够忙的，还抽空儿发表几句评论。

两位爷看的是《非诚勿扰》。

王福至说，礼花是另一个村"同志村"的人家放的，证明那一户人家明天要为儿子办喜事了。说我们这地方还没实现社会主义新农村，东一户西一户，住得特别分散。农村又不时兴送请柬，买请柬那不还得破费几个钱吗？为办喜事多破费几个钱现在的农民倒也不在乎，主要是觉得挨家挨户地送太麻烦，骑着摩托也得送一天。而且呢，不打算参加的，你不晓得偏将请柬送上门去，那双方是多么尴尬？一心想要喝你家喜酒的，若又偏偏没将请柬送到，人家不挑理才怪呢！头天晚上放礼花就很好，方圆十几里内是个人就看得到。喜事放礼花，丧事放鞭炮。看到的听到的，互相一打听一告诉都知道了。不单独请谁，也就没有远近亲疏的关系区别。广而告之，一视同仁，愿者自往。不至于得罪谁家，也不至使哪一户认为是被勉强，办事的人家显得多么自尊自重。放礼花放鞭炮也有讲究，如果只放十几分钟，那就是一种小操小办的声明，仅限于对本村人的广告，外村的亲朋好友，若有忙事不去，那也是能被理解的。若一放半个多小时一个来小时，那就是一种大操大办的声明了，外村的亲朋好友，再忙每家也得派出一名代表去参加的。居然没代表人物到场，一般性的理由可就解释不过去了……

王福至虽然说得很详细了，陶姐和丈夫心中还是难免生出一个大的疑惑。两口子交换了一下眼色，陶姐对丈夫嘀咕了几句，由沃克将他俩那个共同的疑惑问了出来："那个村，为什么叫'同志村'呢？"

大力为他俩解惑了。

他说，1949年以前，放礼花那村叫尚礼村，有一名中共地下党员在这一带潜伏过。不知被什么人出卖的，总之是某一天从县城来了一批国民党特务，将他五花大绑地从村里抓走了。没过几天，在县城被枪毙了。尚礼村的些个农民，觉得那姓周的中共地下党员平素对大家客客气气的，谁家日子过得苦常帮谁家干农活，分明是个好人。他们念他这一点儿为人方面的好，就凑钱买了份薄礼，托人情找关系，将那周姓中共地下党员的尸体弄回了村，挖个坑埋在山脚下了。当时连块碑也没敢立。1949年以后，才为他立了块碑。因为不知道他的名，只知道他姓周，所以碑上只刻了"周同志"三个字。再后来，因他确实在村里住过，全村人感到光荣，就将尚礼村改成"周同志村"了。"周同志村"说起来绕口，再再后来，干脆把"周"

字省了，说成"同志村"了……

大力讲完"同志村"这一村名的来龙去脉，也奇怪地反问："'同志村'这村名不好吗？"

陶姐肯定地说："好。"

大力又问："好你们两口子为什么那种古怪表情？"

沃克刚欲回答，被陶姐在胳膊上暗拧一把，将到嘴边的话咽回肚里去了。

陶姐又说："大概全中国只有一个村是叫'同志村'的，所以我们都觉得好奇。听你一讲，我们明白原因了。"

沃克忍不住还是问了一句："那位周同志，他当年潜伏在尚礼村，究竟是为了执行什么特殊任务呢？"

大力说，那就没有任何人清楚了。甚至也没有任何人知道他是不是真的姓周。1949年以后，县里听说了他的事，派人调查了解过，打算将他的尸骨移到县城去，再为他立座烈士纪念碑。可当地农民们对他的任务一点儿也不了解，只不过都认为他是一个好人。大部分敌伪档案也不存在了，残存的里边，根本没有一笔关于他的事的记载。县里就将他的事上报到了市里省里，希望由上边来验证他的确切身份。当年也挺重视这一件事的，可是不少人费了不少时间和精力，到底也没调查个水落石出。所以也可以这么说，山脚之下埋的被当年的些个农民认为是好人的人，究竟是否真的就是一位中共地下党员，官方的态度其实是存疑的。既然连这一点都存疑，那当然就没法儿被视为烈士了……

"现在县里和上边有关方面的领导，对这件事是这么个态度，既然那姓周的人被当年的老百姓认为是个好人，又确实是死于国民党统治者的枪口之下，民间如果宁愿将他视为中国共产党的烈士，那也绝不加以反对。尚礼村也完全可以继续叫'同志村'。只要人民群众宁肯那么叫下去，各级当局没什么意见……"

大力一挥蒲扇，啪地拍了王福至的后脑勺一下，如同说书的拍了一下醒木，戛然而止地结束了具有权威意味的陈述。

"我又没打岔，你给我一蒲扇干什么？"——王福至不高兴，也还击了他一蒲扇。

大力笑道："你看你这人，不识好歹！我奉命保护你们，那就要尽职尽责，连蚊子在你后脑勺嗡嗡我也得有作为嘛！"

"这话我听着还怪顺耳！"

王福至也笑了。

陶妲却笑不起来。关于"同志村"的往事，令他俩本已有些忧伤的心情更忧伤了。

而礼花仍五彩缤纷地在窗外的夜空绽放着。

电视里传出一阵集体的掌声，《非诚勿扰》即将结束了。

王福至一边按遥控器选择频道，一边说礼花都放了快半个小时了，看来明天将有一场大操大办的婚礼。又说"同志村"放礼花那户人家，和他家沾着点儿亲。按辈分，他得叫那户人家的男当家人三叔。所以呢，他明天必得去送一份彩礼钱，也得去赴那一场喜宴。

大力说，你大包大揽的破事还不知该如何了结呢，倒有心去凑热闹喝喜酒，没你这样的！——刚一说完，看了陶妲夫妇一眼，又连说些对不起、冒犯之类的道歉话——因为将他们夫妇的事一顺嘴说成了"破事"。

陶妲尴尬地笑笑说没什么，尽管他们夫妇要办的事不是一件"破事", 但确实给不少人添了麻烦, 被麻烦的人有理由发发牢骚。

王福至就打圆场, 说你俩那事, 你们尽管高枕无忧, 各级领导都重视了, 还一一做出了电话指示, 那就等于官方开始介入了。官方介入的事, 那还有个解决不完满的吗? 所以呢, 自己明天当然也可以大松心地去喝喜酒。

"官方介入"四个字, 令陶妲夫妇听了又顿生郁闷。二人互相望望, 心里都有话, 嘴上却都不便说。

大力看出来了, 纠正王福至的话, 说他说的不对, 不应该说是"官方开始介入", 正确的说法应该是"各级有关部门开始协助, 促成"。

王福至居然一反常态, 以做检讨似的口吻承认自己的说法的确不妥, 容易使人产生误解。分明是为了冲淡自己的错误言论造成的沉闷气氛, 他一转话题, 极富热忱地游说陶妲夫妇明天和他一块儿去赴喜宴, 并说那是他俩难得的一次感受民生和民风的机会。

可陶妲夫妇又哪里有良好的心情去感受呢? 都摇头。

大力也从旁极力劝说。夫妇二人经不住他俩左一句右一句一个比一个能说会道一个比一个热忱恳切的动员, 终于都违心地点了点头。

直至那时, 礼花还在夜空绚丽绽放, 一番更比一番美艳……

第 八 章

　　"同志村"比尚仁村小一半。人口少，土地少，自然就小。但据王福至说，三个村子比起来，还数"同志村"的富裕人家多。因为当年，他们那个村的党支部胆子大，中央还没下"红头文件"，他们就偷偷将土地划分了。等别的村也动起来了，"同志村"的人都开始出外打工了。等别村的农民醒过神，也紧赶慢赶地出外打工，"同志村"的农民已用打工挣的钱盖起了小楼了。正应了那句话："所谓命运，其实只是人生关键处的几步。"——对于一个村，差不多也是那样。

　　大力接到了丽丽发的短信，匆匆到尚仁村找她。只王福至一人陪陶姆夫妇到"同志村"去了。

　　新郎家楼前的水泥平场面积很大，用竹竿做支架，搭起了遮阳的凉棚。但从一清早就开始下雨，9点多了还没停的意思。好在人们也不管下雨不下雨的，从四面八方赶来，聚在棚下，依然全都兴致勃勃。有的亲朋好友还带着孩子，男孩女孩兴奋地在棚下跑来跑去。

居然从县里请了助兴的"赶婚乐队"，正式的婚礼主持人。主持人是个伶牙俐齿的姑娘，乐队是些有点儿音乐细胞的农村男女青年组成的。据王福至说他们业务很忙，临时是绝对请不到的，得提前多日才能预约上。主持人和乐队都特敬业。怕大家等得寂寞，一会儿主持人唱首歌，或说一段逗乐子的笑话；一会儿乐队奏乐，集体制造出大的响动。间杂着，东边的一个孩子摔了，哭了；西边的两个孩子打起来了，小嘴儿里骂出了脏话。而大人们，则全都处之泰然，坐在一张张桌旁，饮茶，嗑瓜子，吸烟，在热闹得近于混乱的气氛中，习惯又从容地聊天。

沃克看得来趣，说这是他所参加过的气氛最生动活泼的婚礼。

陶妲却看出了不寻常，也可以说看出了问题，看出了不平。她见些个十八九二十几岁的青年男女，也都围坐在两张桌旁，一个个穿得光鲜齐整，或勾肩搭背地说着亲密的话，或独自架着二郎腿吸烟，嗑瓜子，仿佛是些身份更上等的贵客。从他们中，不时爆发出一阵阵笑声。而忙忙碌碌干这干那，淘米洗菜烧火拎水倒水的，却几乎尽是老头儿老太太。他们连身体面的衣服也没换上，他们忙得彼此顾不得说话。有时说了对方也难以听到，便扯开嗓门喊。竟有那老太婆，显然忙得晕头转向了，端着大盆或抟挲着双手自言自语："我该干啥子来，我该干啥子来？"

陶妲将王福至招到跟前，问他："怎么能这样？"

王福至莫名其妙地反问："哪儿不对劲儿了？什么事使您不高兴了？"

陶妲指着说："你看，只些个老人在忙，年轻人们反倒闲得大爷似的。"

王福至笑道："看不惯？"

陶姐生气地说："当然！你看得惯？"

王福至从桌上抓起一支喜烟，不慌不忙地点着，有滋有味地吸了一大口，吐出一缕幼蛇般的青烟，见怪不怪地说："他们可不是大爷嘛！如今大多数农户也只有一个下一代了，独苗啊。城里人拿自己的独苗从小当宝贝儿，当宠物，当上帝，当小太阳什么什么的，就不许农民拿自己的独苗也那样了？"

陶姐说："平常是平常，这会儿不正是忙的时候吗？怎么也不能干坐那儿，干看着，该干那也得帮大人干点儿什么呀！"

王福至朝青年们围坐的两桌瞥了一眼，压低声音说："这种时候，他们又能插上手干什么？那些活那些事，他们也不懂怎么干怎么做啊！如今这一代农民的后代，不要说都不怎么下地干农活了，从小连家务活也很少帮着大人干了。都已经在外打工了，一年到头多少总能带回来一笔钱。能带回点儿钱来，就比父母辛辛苦苦在地里干一年挣得多。现在的农村，父母对他们来说太不重要了……"

陶姐指着说："重不重要的单论，你看你看，俩老太太在贴对联，上下联贴反了不是？这种事他们总能比老人们做得好吧？"

王福至朝两位正贴对联的老妪望一眼，不以为然地说："那未必。让他们贴，也许照样贴反了！还有呢就是，您不必替那些老人抱什么不平，这种时候，他们倒觉得自己终于又派上了用场，忙得高兴，时兴的话那叫体现了一种价值！"——尽管嘴上这么说，毕竟也还是和陶姐一样有些看不过眼去，扭头朝青年们喊："那边儿把对联都贴反了你们没看见呀！"

而青年们，有的似乎根本没听到；有的虽然听到了，朝两个贴对联的老太太或王福至望了望，但也就是望了望而已，转眼该怎么样又怎么样了。

王福至苦笑，表现出他的无可奈何，嘴角斜叼着半截烟，自己纠正两个老太太的错误去了。

陶姐说："真想训训他们。"

沃克说："你完全没那个必要，我认为也许正是他说的那样。"

陶姐望着王福至将贴反的对联揭了下来，较真儿地说："老人们自己心里怎么想的不必非搞清楚，问题是他们那些儿女或孙儿女心里究竟是怎么想的！"

丈夫刚欲再说什么，忽而有个中年男人来到棚下，说由于昨天夜里一直下雨，路上出现了塌方，迎亲的车队被堵住了。

青年们皆望着那人，听着他说，却没一个往起站一下。倒是几个中年的、老年的男人，这里那里找到几把锹，相跟着报信儿的男人匆匆而去。

棚下刚安静片刻，乐队又奏起了震耳欲聋的喜乐。

陶姐冲丈夫的耳朵大声说："咱们走吧，震得我头疼，你不走我走！"

丈夫点点头，便也站了起来。就在此时，棚下一角忽而混乱，接着有个老汉冲乐队大喊大叫，于是喜乐顿停，棚下肃静无声。然而混乱却仍继续着，看来是发生了很不好的事，因为连青年们也几乎全都站了起来，一个个踮起脚尖，伸长脖子，往混乱处看。

那制止住了喜乐的老汉冲青年们嚷嚷："还都傻看着干什么啊？还不跑路上去拦车！"

于是有几个青年离开大棚，朝公路跑去。

陶姐夫妇欲上前看个究竟，有位抱孩子的妇女拦住他俩说："别看，烫得怪吓人的，别吓着你们这样的人！"

她将"你们这样的人"几个字说出格外强调的意味。

接着陶姐听到周围有人七言八语地说，谁谁家前来帮喜的老娘，从一口大锅里捞尽了米粒，将米汤舀在一个大盆里，端着要去倒掉，不料脚下一滑，仰摔在地，一大盆米汤当胸扣在她身上……

"烫得要不要紧啊？"

"还问要不要紧！一大盆滚热滚热的米汤当胸扣在身上，只穿了件薄衫子，那能有好吗？！"

陶姐未听犹可，一听那话，双膝顿时发软，一下子坐在一条长凳上。还幸亏身后恰巧有么一条长凳，否则坐湿地上了。

从人们围住的角落，响起了令人揪心的呻吟。

陶姐脸色刹那间苍白了，且从额角淌下两行冷汗。她是个对于别人的伤痛极为敏感的女性，一旦就近见闻，仿佛连自己身上都疼起来了。汶川地震中那些令人骇然的电视新闻画面，她是不敢看一眼的。但是却赶快往灾区寄钱，还积极踊跃地参与各种形式的募捐活动。总而言之，她的神经脆弱得很。她觉得周围原本坐着的人都站了起来，唯独自己反而坐了下去，不好。努力站了两次，竟没站得起来。她朝公路的方向望，见几个青年的身影，还木桩似的站在公路边上。分明没车辆经过。

"沃克……"

丈夫也在往公路的方向望，听到她叫他，将目光望向了她。

"快让王福至把那辆'奔驰'开来啊！"

于是丈夫大喊："王福至！王福至！王……"

别人告诉他，王福至扛着锨清路去了。

他就又呆望着陶姐，摊开双手，没辙地摇头。

陶姐冲他嚷了一句："你摇什么头啊，你自己就不会开了吗？！"

丈夫其实也有点儿被突发事件搞蒙了，经她一嚷，猛醒，二话没说，拔腿便往尚义村跑。陶姐这才又往起站，总算能够站起，便一小步一小步地离开了棚下，抄近路也往尚义村走。别人还以为她心脏不好，是想回到住的地方躺下。担心她不等走到，晕在半路，于是互相问要不要让人扶她回去。有个少女听大人们互相这么问，追上她，要扶她。她说不用扶。她心脏倒没什么毛病，是心细，怕丈夫忘了带钱，即使将烫伤的老太太送到了医院，也不能使她及时得到救治……

快到中午时，婚礼还是"按既定方针办"了。尽管受到突发事件影响，喜气多少打了折扣，却倒也算进行得有条不紊，圆满成功。

陶姐夫妇自然是错过了婚礼的，那时他俩已在医院里，相跟随的还有尚义村的一个青年。陶姐坐在后排座照应着一路呻吟不止的老太太，车里就再坐不下人了，所以尚义村也只能跟去那一个青年。破"奔驰"关键时刻竟特争气，居然一路没出什么毛病。那青年也充分发挥了作用，陶姐怎么吩咐他便怎么做，表现出极为服从的配合。先是送到了镇医院里，镇医院给做了番简单又必要的处理，并给伤者打了一针止疼针，便催促快往县医院送。镇医院的条件毕竟差，那么严重的烫伤，他们不敢留治。多亏破"奔驰"争气，多亏陶姐想得周到带上了钱；多亏沃克驾车的技术高超；也多亏那个跟去的青年极为服从支使——那阿婆被及时推入了抢救室，住院手续也办得顺顺利利。

等陶妲夫妇回到王福至家，已是下午三四点钟了，大力和丽丽已在王福至家等他俩。沃克没能将车开回王福至家，那破"奔驰"似乎在将老阿婆送到医院后就完成了最后的"神圣使命"，于是咽下了最后一口气。三人再坐入车内时，沃克怎么也不能将它发动起来了。拥有美国的汽车维修技师证的沃克忙了半天，急出了一头汗弄了两手油污，也没能使它再喘上一口气来。三人只得一块儿使劲儿，将它推到医院的停车场，之后乘出租回到了各自的村里，都没顾上吃饭。非中午非晚上的，王福至见家里没什么可吃的，他就骑上摩托去镇里买回了几个馒头。

大力责备王福至，说他小抠，不买包子偏买馒头——那才能少花几角钱？难道就不被陶妲夫妇所感动吗？人家夫妇二人可是几千元住院费都为不相干的人垫上了。

王福至瞪起眼睛反驳，龟孙子是因为小抠才偏买馒头！不许买有馅儿的面食给他俩吃，这不是你们所长叮嘱的吗？

大力又说，那你起码应该买点儿咸菜回来！哪怕买瓶腐乳回来，那也算你不小抠！只买回几个馒头算怎么回事？让人家夫妇俩干啃馒头啊？

王福至被噎得没话了，不跟大力斗嘴了，红着脸请陶妲夫妇原谅，说他委实是忘了。丽丽命他快去烧水。他转身去烧水时，陶妲夫妇已都洗了手，各自抓起一个馒头狼吞虎咽。丽丽呢，则娓娓道来地告诉他俩她与陶娟交换意见的情况。她说她将尚仁村当年做的对不起陶妲一家三口那些罪过的事如实讲了以后，陶娟虽然嘴上不再坚持起先那种狮子大张口的态度了，但心里明显还是有所不甘的。今天上午，她又对陶娟进行苦口婆心的说服工作，晓以利害，说事情关系到中美关系的，各级领导都很重视，希望陶娟能顾全大局，为中美关系正常化做出份贡献。孰料陶娟不信任地问：你又不是从"文革"那个年月过来的人，你怎么会知道那些事？我凭什么信你说的那些？

陶姮咽下一口馒头，看着丽丽也问："是啊，你怎么会知道呢？我要是陶娟，我也要这么问你啊！"

丽丽笑道："我既然对她那么讲，当然得有备而言呀！那些事，终究是确确实实发生过的。那是历史。是历史就总归会留下些这样那样的证明，谁也不能把它抹得一干二净。预先我到县档案室去查阅过，复印了一些具有说服力的材料，昨天带着了。材料中还有署着陶老师名字的批判稿呢，有一篇就是批判您父母的，编在《优秀大批判文集》中。还有一篇也是批判您父母的，编在《红色县志》中。我一份一份地都让陶娟看了……"

陶姮大为惊讶地问："在一个县的资料馆里，那些东西还会保留至今？"

丽丽又笑道："这就得感谢一位馆长了。"

她说80年代的时候，馆里的人请示一位新上任的馆长那些东西该怎么处理，要不要全都销毁，以便腾出地方摆放新的资料。他说那是本县历史的一部分，绝对不许销毁。既然是本县历史的一部分，就要永远在本县的资料馆占有一席之地。如果销毁了，不留痕迹了，本县的历史也就不全面了，会出现整整十年的空白。再过几十年，当事人和经历过的人全都死光了，后代人就谁也说不清了，而且能说清也没人信了。所以，那些东西居然得以保留。只不过现在被堆在一个角落，遍布灰尘，没人整理，也没人关心都是什么。说不定哪一天，真就当一堆毫无用处的东西卖了……

陶姁夫妇不禁对视一眼；她又问："那陶娟接着又说什么了呢？"

丽丽说："她嘴里忽然蹦出两句——中美关系和我一个农村妇女有什么关系？要我顾全的哪门子大局？"

沃克连连点头，表示很同意陶娟的话。

陶姁也说："是啊，她那话说得不无道理，我也是这么想的。我此行要做的事，只不过是要了却一种个人心愿，真的和中美关系一点儿也没关系。"

沃克支持地说："这一点，我们已经向你们所长当面声明过，我们特别反对将我们的私事政治化。"

丽丽又笑了，却随即表情严肃，庄庄重重地说："逻辑上，我是同意您夫妇的话的。我们几名镇派出所的干警，一听上边指示说事关中美关系，我们头都发大。但您二位想啊，如果您俩在这个地方遭遇不测，以您夫妇美国公民的身份，能不被涂抹上政治的色彩吗？一旦涂抹上了那种色彩，事情的性质不就多少具有国际政治的性质了吗？一名英国男子在中国贩毒，我们依据中国法律将他审判了，处决前，英国首相不是还给我们中国领导人写信替之求情吗？所以大姐，您的事，我们只能配合着您把它办好。办好了，皆大欢喜。办砸了，不就等于证明我们都太无能了吗？你们这事一上升到政治的高度来重视，一当成一项政治任务来对待，那办好的系数远比办砸了的系数大多了！我们呢，也拿尚方宝剑来说事，配合起来那也理直气壮啊！"

丽丽一番话，说得推心置腹，合情合理，陶姁夫妇的表情，渐听渐变，竟由不以为然而都变得肃然起敬了。那会儿王福至已烧开了一壶水，给每人沏上了一杯"自家茶"，之后坐下，安安静静地倾听着了。他是多么善于察言观色又多么善解人意的人！看出陶姐夫妇原本有强烈的"去政治化"意识，现在分明被他小姨子的"政治挂帅"的思想说得心悦诚服了，为使气氛更加和谐，也是为了趁热打铁，鼓掌道："哎呀老天爷，我家丽丽几时变得这么懂政治，这么能说会道啦？"

丽丽抬起一条腿，佯踢他一脚，嗔道："滚一边儿去，谁是你家丽丽，狗嘴里吐不出象牙来！"

于是大家都笑了，丽丽自己也笑了。众人笑罢，大力认真地说："丽丽就是与时俱进，而且是偷偷地进。还窝在咱们一个镇的小派出所，真的是被埋没了。"

丽丽也白大力一眼，佯装认真地说："你就向县里举荐我呀！"

大力遗憾地说："我不是没资格嘛！"

丽丽立刻跟进一句："那不等于送了个空人情？这种空人情送给我的人多啦！"——接着对陶姐说，以她经常和小地方老百姓打交道，尤其经常和小地方的农民打交道的经验看，如今用一般性的顾全大局的大道理说服他们理智地对待什么事情，那种思想工作的法宝早已不灵了，他们也早已不买账了。但有时候，一把事情拔高到国际关系的高度，还是能劝通他们、蒙住他们、压服他们的。特别是中国和美国的关系，连农民也知道非同小可，事体重大。最后，她总结式地说："如果哪一天连这一招也不灵了，那我这儿就再没什么特殊武器了。"

陶姐终于开口道："丽丽，大力同志和你姐夫刚才夸你的话，有几分是发自内心的，有几分是打趣你，这我不知道。但我却要完完全全发自内心地夸你两句，你还真是比较地懂政治，讲政治。以对一个小镇派出所的女警员的要求来说，你简直算得上是特别懂了。你也把我说服得没什么话好讲了，从现在起，我的事该怎么办，我全听你的。"

丽丽就红了脸，低下头说："难得大姐这么信任我，有上级领导的重视，有全所同志的默契合作，我相信一定能将大姐这件事办得各方面都相当满意。"

陶姐又说："但对于陶娟他们，还是要以劝通为原则，蒙他们和压服他们都是不可取的。如果那么一来，我们夫妇俩从美国来此要办的事，就的确是无事生非了。"

她的话听来像领导干部在下达指示，然而包括丈夫在内的四个人谁也没笑，都点头。倒是她自己，说完笑了，又找补了一句："真不好意思，我像是成了你们的核心了，我怎么变得这么说话了？"

沃克说："是你的一种愿望将我们大家团结在一起的，所以你本来就是核心人物嘛。"

大家就又笑了，笑罢都喝起茶来。

丽丽忽又说："差点儿忘了汇报一个重要的情节和一个重要的细节了。今天上午，我不是接着又劝陶娟吗？正劝着呢，一下子来了不少人。你们猜他们到陶娟家干什么？也都是去劝她的。都说像你们夫妇这么好的人，如果还非狮子大张口地讹你们，那就会臭名远扬，下场肯定是没讹诈成，还把自己的名声搞得一臭到底。不管什么时候被提起，都会遭人耻笑的，也许会被耻笑一辈子！"

陶姐奇怪地问："他们怎么夸起我们来了？"

丽丽说："你们夫妇俩在'同志村'的好表现，赢得了不少参加婚礼的人的称赞啊！尚仁村也有不少人去参加婚礼了，他们把看到的听到的带回了本村。要多巧有多巧，被烫伤的恰恰是陶娟的二舅奶。陶娟的二舅爷也去劝陶娟了，你们谁都猜不到他带去了什么，他带去了一册发黄的陶氏家谱，当众展开，指指点点地对陶娟说，按那家谱往上推，陶老师他们家和大姐你们家，五代以上原是尚仁村的陶姓一族。面对那卷家谱，那么多人七言八语地一劝，还真将陶娟给劝通了。她当场对我表达，为了顾全中美关系的大局，也为了使各级领导高兴，她愿收回昨天要求的赔偿钱数。只要给她一笔钱，够她将宅院翻修翻修，她也就知足了，愿意一切由我们镇派出所来做主。她还说，希望大姐您能见见她父亲陶老师。那样她面子上也好看点儿，否则，怎么说也像是她借着她父亲当年的事由讹了一笔钱似的。刚才大力和我姐夫一打岔，这么好的结果差点儿忘了向大姐汇报了……"

她的话使陶姮夫妇心头一块重石顿时化为乌有，喜悦之情溢于言表。陶姮关心地问陶老师的病况怎么样了。如果他们师生二人相见，对陶老师的精神康复究竟有益无益。

大力说，都是三十几年的精神病人了，没什么彻底康复的希望了。对于精神病患者，哪有彻底康复那一说呢？好也好不到哪儿去，坏也坏不到哪儿去。见与不见，不必太当成回事考虑，可完全由陶姮自己按照意愿来决定。

丽丽却有不同的看法，说为了给陶娟一种心理温暖，最好还是见见。光靠钱这种东西，能减轻人对人的怨恨，却不见得能使人心真的由怨恨扭转向互相的宽恕，达到温暖。

陶姮夫妇听了，都点头不已，接着都将目光望向了王福至。

王福至说，为了陶姮夫妇的事，他到医院里去探视过陶老师。他也是在尚仁村那所学校读完中学的，虽然没做过陶老师的学生，但论起来，叫陶老师为"老师"那也是顺理成章的。他正是以学生的身份去探视陶老师的，依他看来，陶老师的精神面貌挺不错的。如果不是在精神病院那种地方见的，如果不是一个知情者，简直就看不大出陶老师是一名精神病患者。而且医护人员们也告诉他，陶老师的精神状态超稳定，其实不住院也是没问题的。还告诉他，常有学生去探视陶老师。还有学生带着自己的儿女去探视陶老师，为的是请陶老师当面指点一下儿女们的学习疑问。给陶老师往医院里寄信的学生或学生们的儿女，那就更不少了。他有些学生的儿女经由他多次当面答疑，或网上指导，进步飞快，甚至考上了北京、上海、南京等大城市的名牌大学……

沃克惊讶地问："他有电脑？"

王福至说，不但有，还是台好电脑，儿女经他辅导考上了大学的他的学生，为了感谢他送给他的。医院里的医生护士，也有请他辅导自己儿女学习的，他们对他也都挺好的，拿他当一名特殊患者特殊照顾着。

陶姮也惊讶地问：一个三十多年的精神病患者，怎么可能保持那么良好的智商呢？

王福至说是啊是啊，我也是这么疑惑的。但医生说，在精神病学记载中，类似的特例比比皆是。比如有的患者病前是诗人，病后还喜欢写诗，而且写出了更与众不同的好诗。又比如有的患者病前数学头脑特别强，病后显著的特点就是整天埋头解难度很高的数学题，而且病前都没解出过的，病后反而解出了……

丽丽打断他道：你就别扯那么远了，简单点儿说，依你看，大姐去探视陶老师好，还是不去探视的好？

王福至说：那当然还是去探视的好。因为他试探地问了陶老师——还记得他教过一个叫陶姐的学生吗？他说当然记得，她是他在"文革"时期教过的最聪明的一个学生，也是给他留下最深刻印象的一名学生。说"文革"期间，许多中国中小学生的脑子都被搞坏掉了，要集体恢复到正常的智商水平不是一件容易的事。说他认为，陶姐是少数脑子没被搞坏掉的女中学生，所以也是那一代人中幸运的一个。王福至又问：那，如果在美国当了大学教授的陶姐专程从美国回来看你，你愿意见她吗？陶老师连说愿意愿意，我有太多的话要跟她说了！可，真能有那么一天吗？

王福至说，那时的陶老师眼中充满泪水，半天再没说话。仿佛一开口说话，会立刻哭起来……

陶姐也听得眼中充满泪水。

她低声然而果断地说："我一定要见我的老师……"

当陶老师出现在陶姐眼中时，她觉得自己来到的地方仿佛不是精神病院，而是教廷所在地；陶老师仿佛是教宗，赐给了她被接见的荣耀。并且，她迅速地联想到了一个在中国被高度黑色幽默了的汉字，那就是"被"字本身。是的，她觉得自己由一个主动对一名精神病患者探视的人，变成了被一名精神病患者所接见的人。进一步认为，大约陶老师也有一种"被"探视的感觉。她有以上荒诞的印象，和王福至有直接的关系。因为王福至事先往医院打了一次电话，进行了通知。是丽丽吩咐他那么做的。而丽丽那么吩咐，又是所长指示的。所长在电话里对丽丽说："要使医院了解，这不是一次寻常探视，是整个这一项政治任务中的一环，医院也有政治责任予以必须的重视。"丽丽不敢"截留"所长的话，只字不差原汁原味地转达给了王福至。王福至对于安排陶妲与陶老师的见面原本就是积极的，倘由他一手安排，会使他享受到一种成就感。他认为派出所根本没必要插一杠子。一件并不复杂的事，难道他王福至还会安排出什么差错吗？所以听了小姨子的话，他不高兴起来，有种连自己也被安排了的感觉，消极地说："那还莫如你自己或你们所长通知好啦！"丽丽说不能那样，要最大程度保持此项政治任务的主体的非政治性、非官方色彩，也就是纯粹的民间色彩。积极也罢，消极也罢，电话还是由王福至打了。他也将丽丽转达给他的所长的话，几乎只字不差原汁原味地对院方说了。院方接电话的是一位副院长。那位副院长回答王福至说，县里有关方面的指示也及时传达到了，就不劳他一个农民操心了。王福至问县里的有关方面是哪方面，人家副院长反问：你一个农民知道那么多干什么？该你知道的必然也就使你知道了，不该你知道的你就别打听！放下电话，王福至心里很不舒坦，觉得既被支使还被轻视了。他原以为在此项政治任务的主体之中，自己是很重要的人物，没想到鞍前马后的，到头来却似乎成了个催巴儿[1]。但转而一想，连同样鞍前马后任劳任怨的他的小姨子、大力以及所长、副所长看来也非是什么重要角色了，心中的不满也就消解了许多。

　　是由两辆出租车将陶妲夫妇一行送到医院的。丽丽、大力和王

---

[1] 听人使唤当下手干杂事的人。——编者注

福至乘一辆，陶妲夫妇乘另一辆。丽丽和大力都脱去了警服，各自一身便装。下车后沃克付车费时，司机说不用，有关方面已经付了。陶妲夫妇听了，对视一眼，都不再说什么问什么，顺其自然地默默地下了车。

精神病院在县郊，是一项惠民工程的成果，也是县人大和县政协多年呼吁的结果。是由县政府出资兴建，民政局募集各界人士所捐的善款予以管理的。对于一个县来说，那样的精神病院够高档的。自从住进了第一批精神病患者以后，它成为各级领导视察本县必到的一处地方，他们留下了不少题词；而陶妲夫妇享受到的，是各级视察领导的接待规格。一条从公路拐上小路直达医院大门前的水泥专道，在陶妲他们光临之前被清扫得干干净净。偌大的院子同样干干净净，一名花工正在修剪花、树。院子里种得最多的是美人蕉、鸡冠花、蔷薇和栀子花。黄、白、红三色美人蕉开得娇态可人，赏心悦目，满院弥漫着栀子花芬芳的香气。

病房楼的台阶有十几级，陶老师伫立在楼门前，穿一身崭新的病员服——白底竖蓝道，崭新得白蓝分明，显然还熨过。他将一大束鲜花拿在胸前，前后左右都是穿白大褂的人。陶妲也手捧一大束鲜花。她上了车才想到应该带一束鲜花，埋怨丈夫没提醒她。司机却说，已经预备了，放在后备箱呢。

手捧一大束鲜花的陶妲站在离第一级台阶几步远的地方，身旁站着她的丈夫。丽丽、大力和王福至站在院门口那儿没有跟过来，远远望着他俩。而高高在上的陶老师们却似乎并没有走下来的意思。这令陶妲有几分困惑，不知自己该不该还往前走、尽管踏上台阶去。她想见的只是陶老师一人，陶老师前后左右都是人，很出乎她的意料。

她不由得扭头看了丈夫一眼，见丈夫也同样一脸困惑不解的表情。正是在那一时刻，她觉得陶老师分明"被探视"了，而自己似乎"被接见"了。高高在上的仿佛也不仅是从前那位陶老师了，似乎还代表着一段从前的历史。那段历史高高在上地注视着她，如同教宗注视着一个朝拜者。

陶姮正感到不知如何是好，陶老师开口了，问："是陶姮同学吗？"——三十多年过去了，陶老师的声音仍像当年一样那么宽厚，具有磁力。

陶姮毕恭毕敬地回答："是的老师。我是您当年的学生，陶姮专程从美国来探视您。"——直至那时，她内心里还是有点儿怀疑那究竟是不是陶老师，因为他脸上似乎没有那一片紫痣了。

陶老师朝左右两边穿白大褂的人们看看，他们一齐点头，他这才踏下台阶。陶姮也迎上前去，不待她踏上台阶，陶老师已站在她对面了。

陶老师眼中闪着喜悦的光彩，激动地说："陶姮，我经常想到你。"

"老师，我也经常想到您。"

陶姮的内心同样激动。她笑了。

陶老师也笑了，笑得像个腼腆的孩子。

这时，台阶上忽地闪出了两个没穿白大褂的人，一男一女，都是青年。女青年手拿照相机不停地拍照，男青年肩扛摄像机绕着陶姮和陶老师摄录。

男青年小声说："别各拿着各的鲜花，互相交换。"

经他提醒，陶姮和陶老师就将鲜花交换了。

男青年又小声说："别互相呆看着，都说一两句话。"

陶妲不由得看着他问："说什么？"

他说："说你俩刚才各自说过的。"

于是陶妲和陶老师互相看着，一边交换鲜花，一边将他俩说过的话又说了一遍。那青年听出错误来了，告诉陶老师他说的不是"曾经"而是"经常"。陶老师却似乎对"曾经"二字情有独钟，重复了几次都是"曾经"。终于有一次说出了"经常"，却又忘了与陶妲交换鲜花。表演多遍，二人才总算过了关。那些穿白大褂的人顿时围住了他俩。

男青年又提醒："陶老师，由你来做介绍。院长，由你来说欢迎探视的话。记住，别把探视说成参观或者视察，也都不要看着镜头说……"

于是陶老师向陶妲一一介绍院长、副院长、书记、主任医生、护士长一干人等。

于是陶妲一一与他们握手。

于是院长说："你从美国远道而来探视你的中学老师，本院成为你们师生三十多年后首次相见的地方，荣幸之至。"

男青年说："'荣幸之至'四个字不好。"

院长说："不是预先确定的要这么说吗？"

男青年说："不好就是不好。预先确定的也不好。这么来说吧——我及我的同事们，和你们一样感到激动和愉快。"

多亏院长具有演员记台词那般本事，一次就过了。

接着是照集体相。为了将横幅照完整，众人改变了几次排列次序。

贴在那横幅上的白纸大字是——"欢迎陶妲夫妇从美国前来探

望恩师"。

　　照完相，院长请陶妲夫妇进入病房楼参观。他挽着陶妲的胳膊告诉她，青年摄影师是市电视台派来的，对任务的自我要求很高。县电视台的人缺乏那么高的自我要求，所以市电视台才将他派来。陶妲本希望由自己挽着陶老师的，但陶老师已被身后穿白大褂的一干人等挡在更后边了，她只得不情愿地由院长挽着了。

　　院长还说——本院第一次有美国公民身份的人来参观，所以他说"荣幸之至"其实也不为过。况且他们夫妇还不是一般的美国公民，而是美国名牌大学的两位教授。

　　陶妲纠正道："我不是来参观的，是来探视的。"

　　院长说——对于提高本院的知名度，客观效果那都是一样的。

　　直至大家进入会议室，陶妲才终于有机会摆脱了院长的亲切挽行。然而夫妇二人作为特别受精神病院欢迎的探视者或曰远来贵宾，他们的义务尚未尽完。夫妇二人被要求在纪念册上留言。各自所要写或曰应写的话，别人已替他们写在纸上了。陶妲应写的是："感念师恩是我们中华儿女的美德之一。"沃克应写的是："我在这所精神病院感到了人性化管理的温暖。"陶妲接过笔时犹豫了一下，考虑"我们中华儿女"六个字与她宣誓成为美国公民时的誓词是否冲突。院长似乎猜到了她在想什么，对她耳语："全世界各国华侨都可以说自己是中华儿女。"她觉得院长说得对，就那么写下了留言。经院长提醒，在下边写下了自己的美国单位和教授身份。丈夫在类似的情况下一向是跟着陶妲的感觉走的。既然她没提出任何疑义，他也就以一种恭敬不如从命的心态完成了他的留言。只不过，他的留言以及署名、美国单位和身份，被要求用英文来写。这时他说了一句："我本想用中文来写的，其实我的中国字写得更好些。"结果，他刚在留言纪念册上写完留言，桌上已展开了一大张宣纸，备好了一杆大毛笔和墨，院方众人又请他留下墨宝。他红了脸推诿一番，却哪里推诿得过去，只得硬着头皮拿起了那杆大毛笔。说出的话泼出的水，收不回来了。他思忖片刻，无奈地也是一笔一画地写下了八个稚拙的大字："己所不欲，勿施于人。"那是他这位中国书法爱好者在美国的家里最常习写的八个中国字。尽管最常习写，水平还是只能用稚和拙来评论。待他放下笔，院长恰恰就是这么评论的。他说："天真稚拙，这也是一体。"旁边就有人说，院长是县书法家协会的副主席，在全省书法比赛中获过奖的。沃克听了，刚擦去汗的脸上又冒汗了，一边掏出手绢又擦，一边说："快收走快收走，否则我无地自容了。"

扛摄像机的男青年再次出现，要求陶姮夫妇对镜头补说几句话，比如对于本县、本医院的印象，在这样一所医院里见到自己中学老师的心情，最想对老师说些什么话。说前两种话倒没怎么难住他俩，无非说些在场人都爱听的话而已。入乡随俗，夫妇二人已有点儿识趣了，宁愿那么说了。但第三个话题，却使陶姮面对着摄像机镜头脸上也淌下了汗。因为过会儿单独和陶老师在一起时，她的话该从何说起她还没想好。预先想好也毫无意义。陶老师毕竟是一名精神病患者，该说些什么话，不该说些什么话，主要还得根据陶老师过会儿的情绪状况来说。而且，作为教授，说话对于她虽然不成问题，但对着摄像机镜头说话却是大姑娘上轿——头一回。尽管刚才已经被摄像了，却是看着陶老师说的，不是看着镜头说的。不对着一个具体的人说话，她很难说出真心实意的话。但她终于还是将那一艰巨的说话任务也完成了。当对方做出 OK 的手势，周围响起了掌声，院长称赞她"讲得还不错"时，她几乎要大发脾气。然而她将恼火强压下去，笑问院长："现在我是不是可以和我的老师在一起了？"

院长说："当然可以了，当然可以了。你们夫妇的任务已全部完成，到此为止了。"

她二话不说，转身就往会议室外走。她已发现陶老师向会议室里探头看了几次了，心想陶老师肯定等得不耐烦了。

陶老师果然还在会议室外。

她问他为什么不进去。

他说医院里是绝对禁止患者进入会议室的。

她又问老师我们在哪儿能单独说说话。

陶老师说这得请示他那一个病区的值班医生。值班医生不批准，他是不可以和探视者在院子里随处走动或停留的。

陶姐说别管那么多，我刚才已经问过院长了，院长同意我们可以在一起单独说说话。

这时会议室的门开了，有人走出了。陶姐怕又被什么事纠缠住，挽住陶老师的胳膊就往前走。虽听到身后有脚步声紧随着，竟一次也没回头。

陶老师对精神病院的环境到底是熟悉的，他引领陶姐绕到了病房楼的后院。后院比前院大，有几名园林工在植树，看见陶老师和陶姐，都停止劳动，以友善的目光望着他俩，像致注目礼。陶姐被望得有点儿不自在，想放下手，不挽着陶老师了。陶老师却将胳膊夹紧，使她的手臂抽不回去放不下来，只有依旧挽着他。

一名园林工大声问："陶老师，又是学生来看你啊？"

陶老师说："是啊。我三十多年前教过的，专程从美国回来看我，现在已经是美国一所大学的教授了！"

他的话充满自豪和荣耀，又小声对陶姮说："跟他们打个招呼。"

不认不识的，陶姮不知该说什么，但为了使陶老师高兴，还是向园林工们举起了另一只手，也大声说："师傅们好！"

他们便都愉快地笑了。

后院一角，有扇铁栅栏门，挂把大锁。陶老师引陶姮走到那儿，隔栅栏望着外边，掏出烟来。外边是片茶地，有几个农妇在采茶。陶老师转身大声问："谁有火啊？"

于是一个园林工跑过来，掏出打火机替陶老师点着了烟，也小声问："想不想让你学生陪你出去走走？我有钥匙。"

陶老师摇头道："这会儿还真不想。"—— 说完，蹲了下去。陶姮略一犹豫，也蹲了下去。

陶老师吸吐一口烟后，侧着一边的脸说："看我这边脸上，从前那片痣浅多了吧？"

陶姮不好说什么，只是点了一下头。

"心情好，吃嘛嘛香。吃得好，睡得好，牙齿就好。牙齿好，从前那片痣就浅了。心中正则眸子明，对不对？"

陶老师的话说得像养生专家。

陶姮听着东一耙子西一扫帚的，分明是精神不正常的话，心情有点儿紧张，更不敢轻易开口了。

陶老师接着说："其实，我没疯。"

陶姮一愣，想问：那是什么人非把你送进精神病院的？觉得既然陶老师说他没疯，"精神病院"四个字就应避免从自己口中说出，该说"这里"或"这个地方"……甚至，也许最好是什么都不问，先听陶老师还怎么说……正这么犹豫着，陶老师却问："对我的话你一点儿都不惊讶？"

陶姮又一愣，随即坚决地说："谁要是迫害您，我和谁斗到底！"

陶老师也一愣，接着笑了，望着远处采茶的农妇们，以一种沧桑感十足的语调说："斗到底这话可是久违了呢。有时，无论对于一个人、一个民族还是一个国家，斗是难以避免的，所以就成为必要的。但也要考虑斗的方式、斗的成本，如果代价巨大，要牺牲成千上万人的生命，那斗争就可以暂缓。暂缓不是干脆放弃必要的斗争，而是审时度势，韬光养晦，避免惨重的代价，寻求更理性的斗争方式。"——说完，吸一口烟，眯起眼，陷入沉思。

陶姮又不知说什么好了，良久才小声问："老师在这里，总是思考那些问题？"

陶老师看她一眼，微微一笑，将烟蒂插入土中，淡然地说："勤思考的人不太容易得老年痴呆。我确实没疯，我是宁肯被认为疯了。被认为疯了我才能住进这里，而我逐渐喜欢起这里来了。"

按陶老师的说法，他住进精神病院，起先为的是躲避女儿陶娟对他永不满足的勒索。他说陶娟由于婚姻失败，心理问题严重。再加上从小被宠惯得任性无比，又养成了好吃懒做的恶习，所以，虽然才四十九岁，却变成了一个不能自食其力的女人。退休前，他这一位父亲的工资基本上是给她花了。退休后，她这个女儿对他的勒索更是变本加厉，连他逢年过节给孙子买套小衣服或一样玩具几种食品，都会使她气不打一处来。按她的想法，她哥哥的生活是幸福的，那么他这位爷爷花在孙子身上的每一分钱都完全是多余的。她这个女儿才是最需要钱的可怜人。所以他这位父亲简直应该干脆将退休金全部给予她才对。至于他的基本生活费，她保证会按月支给他。他一个七十多岁的独身老男人，又生活在农村，攥着退休金不松手为的是哪般呢？

"你说她可多坏。"

陶老师淡淡地评论了一句，叹口长气。

说的毕竟是老师的女儿，陶姮不便置评，试图避开沉重的话题，问："那老师每个月的退休金有多少？"

陶老师说，没多少，两千多元。幸亏他当年大学里的同学中出了几位县、市级的领导干部。而这所精神病院，条件又确实不错。在他们的关心下，他只需交半费就可以入住。这是具有福利性质的精神病院，半费每月才六七百元……

"县里就没有一所养老院吗？"

"有。"

"那为什么不住养老院呢？"

"我把钱花在养老院，陶娟她还不仇恨死我了？我住的是精神病院，她就没理由闹了。半费一直对她保密着，不能让她晓得的。再说这里从没住满过疯子，空闲病房不少。空着也是空着，有领导们打过了招呼，我享受的是单间待遇。若住养老院，享受单间那钱可就多了，绝对住不起。你看，事情就是这样，自己当不上官，掌不了权，有当官掌权的人关心着、爱护着，也可以活得比一般人强。这不算什么腐败现象吧？"

陶姮庄重地点头说："不算的。"

陶老师说，他在"这里"发挥的人生余热还不少。他经常教患者们唱歌、绘画；读诗给他们听，讲历史故事给他们听。甚至还能起到心理辅导师的作用。他劝患者们比医生护士劝患者们还见效。他说他在"这里"有成就感，所以也有种优越感……

不知何时，那几名园林工走了。偌大的后院只剩师生二人了。陶老师是很有蹲功的，但陶姐的双腿却早已蹲麻了。她见一棵树下有石桌石凳，扶陶老师走过去。

师生二人面对面坐下后，陶姐鼓足勇气，提起当年那五十几元学费的事，说自己后来一直希望能有今天这样的一种机会，可以当面向老师忏悔……

不料陶老师说："有那样的事吗？我怎么一点儿都不记得？"

陶姐说："老师，可我想忘都忘不了。三十多年来，越往后，那事呈现得越经常，回忆起来的细节越多，越清楚。"

陶老师说："那可不好。"

隔了一会儿，又说一句："那可不好。"

接着，陶老师就以专家般的口吻向陶姐解释起她的困扰来。他说，那是人的一种"伪记忆"现象。越是文化程度高、智商高的人，其大脑越容易产生"伪记忆"现象。"伪记忆"完全是主观臆想出来的一种记忆，它一经在大脑之中产生，人的大脑就会陷入类似勤奋作家进行创作时的亢奋，而且对那一种"创作"的水平自我要求极高，直至在情节、细节、思想、意象等诸方面，都达到"作者"也就是"伪记忆"强迫者的高标准要求为止……

既然陶老师说当年之事是她的"伪记忆"，陶姐一点儿辙都没有了。不能也不必与一个身穿精神病病员服且经常住在精神病医院里而又自认为没疯的人争论谁可能完全失忆了、谁的大脑产生了"伪记忆"这么深奥的问题——基本的明智陶妲还是有的。

她以学生般虚心的样子和口吻问："之后呢？"

陶老师说："没有什么之后，因为纠缠于'伪记忆'者对'伪记忆'的真实性的高标准、严要求是无休止的。"

她又问："那结果呢？"

陶老师又说："结果当然是最后疯掉了。"

"老师……认为我在精神方面……出现问题了吗？……"

"有问题是肯定的了，所以我刚才说'那可不好'。但我们及时发现了问题，引起自我重视，却又是好事，对不对？"

"对。"

"对"字刚一出口，陶妲觉得不对了。一个"对"字，仿佛使她承认自己确实是受到"伪记忆"的困扰了。仿佛如果她还坚持当年之事是事实，那么她离该住进这样的地方也就为时不远了。

她尴尬极了，想掩饰都掩饰不了。

陶老师拍拍她手背，安抚道："也别太当成回事，不能有压力。教你一个解决的办法，说'那不是真的'，说一句。"

陶妲就低声说了一句。

"再说一句。"

她又说了一句："那不是真的。"

陶老师欣然一笑，夸奖道："你不讳疾忌医，这就好。要经常对自己说刚才那句话。我的大脑中也曾产生过一些'伪记忆'，靠经常对自己说那句话，'伪记忆'一扫而光。'金猴奋起千钧棒，玉宇澄清万里埃'……那句话胜过灵丹妙药。"

陶老师举了一个例子来证明"伪记忆"是足以使人疯掉的。他说，这一所精神病院曾收住过一名患者，是个五十多岁的男人，论起来还是县里的一位副局级干部，他和某一女子发生过一夜情，不知怎么一来，大脑被'伪记忆'盘踞了。'伪记忆'经常暗示他，对方为了他俩的关系做出了很大的牺牲，多次堕胎。他觉得太内疚了，就不断地给人家写信表达自己那份真实的内疚。后来，人家不堪他的滋扰，终于忍无可忍地跟他大吵了一架。再后来，他就疯了。再再后来，自杀了……

陶老师问："是不是很有说服力的例子？"

陶姮说："是。"

陶老师又问："太可悲了吧？"

陶姮说："对。但我不会像他那样的。"

陶老师说："你没到那么一种程度嘛。"

陶姮凝视着陶老师的脸，从他的表情中读到了一种优胜的意味。她恍然大悟，陶老师肯定是又进入了这里的心理辅导员的角色，而将她当成他的一名病友了……我俩究竟谁的精神不正常？

这想法一从她头脑中掠过，她不禁打了个寒战。

"我的精神没有病，我的精神很正常……"

她用陶老师教的方法，反复在心里那么说了多遍，才总算找回了一个精神正常的人的坚定自信。

这时，她发现丈夫不知何时也来到了后院，在离她和陶老师不远的地方，倚着一棵树望着他俩。

"在精神病院这种地方，精神正常或者不正常，是由谁穿什么来区别的。穿白大褂的无疑正常，穿我这种病员服的肯定不正常。正常也不正常。如果两种人换穿了白大褂和病员服，疯子不一定就会精神正常了，但那个穿上病员服的医护人员，不久却可能疯了。知道为什么吗？"

"为什么？"

"因为精神病不仅能遗传，还能互相传染。一个原本精神正常的人，整天被一些疯子所包围，他心理上会渐渐生出一种宁愿被同化的放弃倾向，就是放弃做一个精神正常的人的那一种坚持和恪守。因为坚持和恪守会很累，不容易，痛苦。一旦放弃，和大家一样了，反而会顿时活得轻松，乐在其中。"

陶妲不禁又打了一个寒战。

忽然院墙外传来哭喊声和咒骂声。陶老师猛地站起，跑向铁栅栏门那儿。陶妲犹豫一下，也走了过去。隔着铁栅栏，师生二人看到茶地里，有一个七十多岁的老汉正挥镰肆砍茶秧，边砍边咒骂。而一个老妪企图阻拦，由于老汉手中的镰刀舞得疯狂，不敢接近，只有跺着脚哭喊的份儿……

师生二人不一会儿就听明白怎么回事了——那是一对老夫妇，他们的儿女都进城打工去了，最后一次回村已经是三年前的事，各自将儿女也带走了。那一走就再没了音讯，采茶卖茶是两位老人赖以为生的劳动，可他们都人老眼花手脚不灵活了，采不了啦……

陶老师说："报应。"

陶妲问："您认识他们？他们也曾对儿女不好过？"

陶老师说不认识。说再过一二十年，砍茶秧、砍果树的农民会更多。他们也就只有那么发泄。说农村荒芜的农田也将更多。说往后三十年内，中国还对土地有感情的农民，将会一批批地死，最终接近死绝。而他们的后代，十之八九不会再回到农村，住进小时候成长的家，继续像父母辈一样一年到头辛辛苦苦地侍弄土地。他们的后代们不会的。如果家和土地居然能卖掉，后代们将毫不犹豫地通通卖光，带着钱返回城市的边角褶皱，不几年将那肯定不太多的一笔钱用光花光。而那时的他们，还是成不了城里人，他们的下一代，十之七八也成不了城里人……

"陶姐，'一个贵族需要三代的教养'，这话是谁说的来着？"

"巴尔扎克。"

"那么，一户农民变成一户城里人家，怎么说也得经过三代辛辛苦苦的打拼吧？"

"也许不需要那么久，中国现在不是推行城镇化吗？"

"可我们镇上的房价都快涨到三千元了，县里的平均房价已经四千多了……"

陶姐吞吞吐吐地劝道："老师，别想这些，这些不是让一般人来想的事，想这些多累呀。"

陶老师说："在这里，我不是一般的人。不是一般的人就得想不一般的问题……可是陶姐，我确实累了……"

他指指自己的太阳穴，长出一口气，自言自语地说："这儿，真累啊！昨天夜里我做了个梦，梦见陶娟把我们那破家院给卖了，带着钱进城去了，连去哪儿都不留个口信儿。那……那我除了这里，不就再没地方可住了吗？我也不能老住这里啊！可陶娟她使我们那个家，败落得快没法儿住人了啊！我每次一进那破院子，就想立刻转身回到这里……"

陶老师伏在石桌上呜呜哭了。陶姐起身走到他背后，轻轻将一只手放在他肩上。除了这样，她不知怎么样更算对这位曾是自己老师的精神病院里的"思想者"表达怜悯。

而丈夫，举起手臂，在向她指腕上的表……

陶老师问："那是你丈夫吧？"

陶姐点了一下头。

陶老师又问："为什么不让他过来呢？"

陶姐窘了一下，解释道："都把他给忘了。"

她朝丈夫招招手，丈夫就大步走了过来。不待她介绍，他向陶老师鞠一躬，彬彬有礼地说："陶老师好。"

陶姐说："他叫沃克。"

陶老师说："你是我见过的第一位美国人。不是我的学生有出息，咱俩认识不了呢。"

陶姐不由得笑了。

这时，前院响起了汽车喇叭声。

"是在催你？"——陶老师看着陶姐，这才掏出手绢擦脸上的泪。

沃克说："有人要和我们商谈一些事，不过还可以让他们等几分钟。"

陶老师说："那就别让他们等了。"——说罢站了起来，问陶姐："我可以和你先生单独谈几句吗？"

陶姐看看丈夫，尽量用一种愉快的语调说："可以啊老师。当然可以，有什么不可以的呢？"

于是陶老师挽着沃克的手臂走到一旁去了。陶姐看着他俩，忽觉脸颊湿，摸了一下，方知自己刚才也流泪了。她也掏出手绢擦脸，望着陶老师和丈夫，一边想——老师的精神肯定还是不太正常。进而又想，我陶姐这一次回国，也许真的多此一举吧？

忽然前院响起了汽车喇叭声。

陶老师挽着沃克的手走回来了，无奈地对陶姮说："陶姮，谢谢你来看我啊。"

沃克说："她是您学生嘛，应该的。"

在汽车喇叭声中，陶姮说："老师，再见啦，下次回国再来探望您。"

陶老师说："那我可盼着啦。"

于是丈夫挽着她的手臂就走。

陶姮走了几步，心里很不是滋味，站住了。

丈夫疑惑地看着她。

她觉得和陶老师的见面似乎不该就这么结束，但究竟怎么结束自己才满意，又没有具体的想法。

"陶姮……"

听到陶老师叫她，一转身又快步走到了陶老师跟前。

陶老师吞吞吐吐地说："陶姮，我想拥抱你一下。"

她就主动拥抱那七十来岁的老人。不料陶老师又说："陶姮，从前的事，对不起。三十多年了，老师做梦都盼着能有今天这样一个机会，亲口当面地对你说对不起……"

那话不能不被她认为是一句最最明白的话。

她顿时泪如泉涌，立刻说："老师，我也和您一样……对不起，太对不起了……"

她像个孩子似的哭起来。

她还很想说：老师，我根本没有第二次再回国的可能了，我们就此永别了！

却忍住了没说……

当她坐入车里，问丈夫："陶老师跟你说了些什么？"

丈夫回答："说你记忆中那些往事，都是'伪记忆'。他说得那么确定，我都有点儿相信了。不是你的伪记忆吧？"

陶姐默默摇头而已。

"他还说，我要更加爱你，爱是擦掉'伪记忆'的百洁布。这是句明白话还是句糊涂话？"

陶姐低声说："我也不知道。"

"那，你和他都谈了些什么？"

她搪塞地说："没谈什么。"

丈夫有点儿不满了："怎么能没谈什么呢？"那意思是，我等了将近一个小时啊，和你一样被摆布来摆布去的，我是你丈夫啊，有什么可对我保密的呢？

她握握丈夫的手，耳语道："回去再说。"

她觉得那出租汽车司机不寻常，怀疑出租车里安装了窃听器。丈夫点点头，反握一下她的手，表示领会了她的担心。

回到王福至家后，王福至也一进院门就问谈了些什么。

她说记不得。说自己头一次单独与一个精神不正常的人谈话，一直有些紧张，左耳听，右耳出，一句也没往心里去，所以记不得了。

大力说，忘了告诉你了，我和丽丽始终在二楼的一个窗口观察着你俩。我们是干什么的？那还能使你的安全出问题？

她说，陶老师的话，全是半疯不疯的话，不值得记住，更不值得再讲给别人听啊。

丽丽就理解地说，耐心地听一个疯子说了一个来小时，不是一般人能做到的，大姐能做到太不容易了。今天的探视任务顺利圆满地完成了，大力你回所里当面向所长汇报，我呢还要去尚仁村，进一步稳定陶娟的情绪。姐夫你不许再问什么了，陶姐你上楼去休息吧！

沃克指着王福至问："'姐夫'指他还是指我？"

一句话将大家逗乐了……

回到房间，躺在床上了，陶姐将陶老师说的话一段段说给丈夫听了，问丈夫陶老师的话哪些肯定是疯话，哪些又是明白话。

丈夫认为，除了那句说自己没疯的话肯定是疯话，其余全是明白话。

陶姐说这么认为不符合逻辑——一个疯子怎么能在一个来小时里只说一句疯话，其余全说的是明白话？

丈夫说，疯子人疯话不疯，精神正常的人却很可能每每说听起来精神不正常的话，这两种情况在现实中都经常发生……

陶姐觉得丈夫的话是强词夺理，但一阵困意袭来，懒得再说什么，眼一闭，不一会儿就睡过去了。

她梦到了自己十四岁那一年与同学们扛着青竹走在尚仁村最宽的一条村路上的情形……

两天以后，在尚仁村的学校里，召开了隆重的捐赠大会。虽然是暑假期间，操场上仍集合了二三百名学生，都穿上了校服。也来了不少老师，还来了镇里县里的几位领导。各村也动员来了一些农民，总数也有四百多人。陶姐夫妇自然是坐在台上的。

王福至对陶妲说，在本地区的农村，五六年没开过这么大场面的会了。也自然的，一般大场面会议的程序，每一项都照搬不略——升国旗，唱国歌，校长致辞，镇、县两级领导讲话，学生代表读感谢信，陶娟代表她父亲发言……

最后，沃克代表陶妲，将一张十二万元的支票捐给了学校，又将五万元现金在台上直接交给了陶娟；都是人民币。十二万元是为学校添置电化教学设备的；交给陶娟的五万元是要求她用来为自家修家院的，怕她挪用专款，由尚仁村党支部监督使用。建材涨价了，五万元当然不够，沃克代表陶妲承诺，回到美国后，很快会再寄五千美金来……

陶妲说胃疼，会务组体恤她，就没勉强她发言。最后，有人代表尚仁村，向他们夫妇颁发了"荣誉村民"证书。

…………

在飞往美国的飞机上，陶妲说按照上帝的旨意行事永远是对的，此刻自己心中充满了对上帝的爱。

丈夫问："因为我们大方地捐出了对于我们来说数目不小的一笔积蓄？"

陶妲幸福地笑着说："还因为上帝对我们的眷顾。"

她告诉丈夫，登机前接到了学校代为转达的歉意通知——医院误将一位叫"姚妲"的女士的化验结果记在她的病历上了，由于肯定给她造成了精神痛苦和思想负担，愿与她达成令她满意的经济赔偿协议……

丈夫不相信地叫起来："美国绝不会犯这么低级的错误！"

"但是美国已经犯了。"

陶姐笑得像中了彩票大奖一样开心……

一个多月以后，陶姐收到了丽丽的来信。

她在信中告诉陶姐：她的所长调到县里去，当一个区的派出所所长了，不久即将走马上任。虽然是平级调动，但毕竟如愿以偿，全家可以随他迁往县城了。她的副所长升为镇派出所的所长了；大力升为副所长了。而她自己也将调往县妇联，任群工部部长，正科级。由一般科员一跃而升为科级干部，并且由镇里调到了县里；她在信中写道："大姐，我是平步青云呀，这几天高兴得都有点儿找不着北了！据我所知，县里的几位领导也受到了表彰。连我姐夫还得了五百元奖金呢！我们都认为，多亏了您，您是我们这些人的贵人。只有我姐夫不太知足，嫌五百元奖金太少了……"

一年多以后，陶姐收到了陶老师的信，内附一张照片。陶老师在信中除了对她这名学生表示感谢，还以两页多更加具有理论逻辑水平的文字，进一步阐释了"伪记忆"是怎么回事以及"那不是真的"五个字强大的战无不胜的神圣之力。

照片上，陶老师站在新家门前自信地微笑；一种精神病患者的微笑，一种杰出思想家的微笑。他脸上一点儿也看不出来曾有痣了。

王福至经常给沃克发短信，告诉他那条藏獒活得挺好，请他不必牵挂……